为了人与书的相遇

东京蠹余录

尹敏志 著

广西师范大学出版社
·桂林·

图书在版编目(CIP)数据

东京蠹余录 / 尹敏志著. —— 桂林：广西师范大学
出版社, 2020.1
ISBN 978-7-5598-0514-0

Ⅰ.①东… Ⅱ.①尹… Ⅲ.①散文集 - 中国 - 当代
Ⅳ.①I267

中国版本图书馆CIP数据核字(2018)第017713号

本书得到北京当代艺术基金会"破壳计划"支持

广西师范大学出版社出版发行

　广西桂林市五里店路 9 号　邮政编码：541004
　网址：www.bbtpress.com

出 版 人：黄轩庄
全国新华书店经销
发行热线：010-64284815
肥城新华印刷有限公司　印刷

开本：1230mm×880mm　1/32
印张：8.25　字数：180千字　图片：42幅
2020年1月第1版　2020年1月第1次印刷
定价：49.00元

如发现印装质量问题，影响阅读，请与出版社发行部门联系调换。

自　序

二〇一六年三月到八月间，我在日本神奈川大学当交换留学生。这本书的书名，就是那个时候在白乐寮 3117 室里想出来的。

我一直喜欢买书、读书，每到一处必逛书店，研究生转入历史专业以来，书更是成了生活的一部分。动身去横滨之前，已经萌生写神保町的念头，最大的担心是交通不便。住进白乐寮后，发现步行至最近的白乐站，再坐通勤特急，不到一小时即可至神保町站，大喜过望，遂与同楼的复旦大学交换生林炫羽相约去神保町买书。

后来的五个月，我每周至少去东京一次，神保町、早稻田两大古书街上的书店基本全部逛过，后来着重拜访几家与日本汉学研究有关的古书店，搜集相关资料。不常出东京都市圈的我，将书中提到的地点多数考察过一遍，包括仙台的鲁迅故居、日光山华严瀑布、京都大学人文科学研究所、热海的岩波茂雄惜栎庄，等等。五个月时间过得飞快，早春的樱花烂漫，转眼已是盛夏的柑橘饱满。寮前弯弯曲曲的阪道，走了一遍又一遍。

去白乐站必经过六角桥商店街，窄窄的小巷，两旁餐馆、面包房、花店、杂货铺林立，铁塔书院亦伫立其中。再没有见过比它更干净的古书店：每本旧书都仔细清洁过，包上白色半透明书皮，通过橱窗，只见一片奶白色。

初来乍到，很难不被这种洁净感所吸引。安顿下来第二天，我在铁塔书院买下仁井田陞的文集《中国的传统与革命》。随后几天边翻字典边看，囫囵读完全书，从此有了阅读日文著作的信心。迷上神保町后，铁塔书院去得渐少，只在路过时偶尔进去看一眼，青木正儿《江南春》、《三宅雪岭集》等书，都是在那陆续买到的。

铁塔书院这样的古书店，截止到二〇〇九年全日本还有一万四千多家，仅东京都就有一千四百多家。它们支撑着几万人的生计，也是让整个街区时光骤慢的存在。与之相比，国内独立书店的生态则要严酷得多。北京的风入松书店、第三极书局，上海的季风书园，厦门的晓风书屋等关门时，都曾引起一片惋惜声，但大部分人的购书首选是网络电商。网购带来更多便利和选择的同时，一波接一波的低价促销也不断挤压实体书店的生存空间，很难说是书之幸，还是书之厄。

摆在书店里的书，是带着人的温度的。书虽是一种商品，但又不仅仅是商品。它可以承载记忆，寄托情感，可以梯山航海，从此至彼，带着每任主人留在它身上的痕迹、气味和喜怒哀乐。古籍题跋中，在感叹一本古书历经劫难、流传至今的传奇时，藏书家常常会说"神物护持"。其实何来神物，有的只是几个痴愚的爱书人。

在书店买书，享受的往往是淘书本身带来的快感。这种快感更多来自未知，如发现一本未曾听闻的心仪之书，找到作者签赠本，发现批注，或在书页间寻得一枚陈年信笺。独自在书架间来回穿梭，手上沾满灰尘，一有所得，物我偕忘。郑振铎《劫中得书记》云："夕阳将下，微飔吹衣，访得久觅方得之书，挟之而归，是人生一乐也。"

晚清以来中国学人的日本访书记，几乎可以成一独立的文学体裁。其作者犹如版本目录学的众神殿：杨守敬、董康、罗振玉、傅增湘、王古鲁、周一良、严绍璗、辛德勇……高山仰止，景行行止。这本书既是访书记，又是书店史。史学即是史料学，史料的丰富与否决定了本书各篇的选题。神保町书店的各类中、日、英文史料数量最为可观，是本书选择东京而不是京都、大阪抑或其他城市为舞台的主要原因。

东京古书组合有自己的刊物，即一九三四年一月由八木敏夫创办的《日本古书通信》。最初一年发行一期，后改为每半月一期，一九四一年更名《读书与文献》。一九四四年底受太平洋战争影响，杂志暂时停刊，一九五七年复刊，今天仍由八木书店定期出版。《日本古书通信》内容一半是待售书目，另一半刊载各类文章，有古书店店主的回忆录，有访书录，也有版本考辨，是研究东京书店史的一大宝库。

日本藏书界还有不少同人杂志，本书使用的有大安株式会社《大安》杂志、汲古书院《汲古》杂志、日本书志学会《书志学》杂志等。弘文堂社长反町茂雄编的古书店访谈录《纸鱼往事》系列，包括明治大正篇、昭和篇，披露了不少古书店经营秘辛，笔者从中获益甚多。日本学者岛田翰、内藤湖南、德富苏峰、长泽规矩也、吉川幸次郎，以及中国学者的著述里，也留下不少关于东京书店的史料。

除此之外，东京不少古书店还有发行古书书目的传统，如《文求堂书目》《浅仓屋古典分类目录》《岩松堂古书籍贩卖目录》《东阳堂书店古书贩卖目录》《一诚堂古书目录》等，虽是为贩书而编，但对追索个别古籍的价格及去向，管窥一个时代的读书风气不无小补。

一度与神保町不相上下的北京书市，曾在琉璃厂、隆福寺一带聚集了不少旧书店，天南海北的古籍善本汇聚于此，但除了李文藻、缪荃孙、孙殿起、雷梦水、周肇祥等人的短文，钱穆、鲁迅、胡适等学者日记、回忆录中的零星记载外，总体上缺乏成体系的记录。昔日繁华的琉璃厂书店街，在频繁的战争与剧烈的社会变迁中店与史偕亡，不能不说非常可惜。

二〇一六年七月，在累积了一定史料后，我开始着手撰写神保町书店史，承蒙顾明、彭淑娟、齐晓鸽、张立宪、朱明川、朱天元等师友不弃，十几篇长短参差、体例各异的文章，之后在《书城》《读库》《经济观察报》等报纸杂志，澎湃等网络媒体陆续发表。文章收入此书时有很多修改，变动幅度最大的从四千多字扩充到一万多字。

最初写作时，未奢望这些文章能结集成书，史料大多随手摘录，其中难免有误解和错讹。组成书稿时全部重新查找、核对史料，注明引文出处。虽几经校对，恐怕仍会遗留错误，所有责任在我。

本书篇目编排，大体以书店创业时间为序，起于（1）江户时代末期，即文求堂书店；接着是（2）明治时代，包括琳琅阁书店、丸善书店、青木嵩山堂、山本书店四家；(3) 大正时代，即岩波书店；(4) 昭和时代，包括内山书店、丛文阁书店、五十岚书店、原书房、汲古书院、弘文庄六家；最后是（5）平成时代，即光和书房。

这些书店横跨一个半世纪，从其发展脉络中，多少可管窥十九、二十世纪日本汉学的发展变迁。在江户时代，汉学不仅是一种外来的知识体系，而是内化为修养本身，甚至学者生命的一部分。德川幕府末年到明治维新初年的欧风美雨，暂未动摇其根基。职是之故，明治至大正时代的老一辈汉学家多能吟汉诗，写隽永的书札，作书法或文人画，除了不通汉语听说外，与中国士大夫几无二致。这与欧美汉学家是截然不同的，对于后者，汉学不过是一个研究课题，某种深沉的个人趣味，抑或地缘政治的需要。

昭和时代前期，日本的汉学研究渐偏实用，甚至为对外扩张背书。日本战败以后，则加速欧美化。仅从笔者就读的京都大学文学部来看，这几年日本年轻人对中国越来越无感，加上人口老龄化导致的大学教职严重萎缩，东洋史、中国文学日益沦为小众学问。最近几十年大陆的古籍市场上，"日本回流"成为一个热门词汇。有人欢呼此举功德无量，但这恐怕也同时意味着，中国文化正在渐渐失去日本这个重要的避风港和参照系。

本书写的是东京，但大部分资料收集、写作是二〇一六至二〇一七年间在北京完成的。二〇一七年七月我从北京大学硕士毕业，同年九月公派出国读博，负笈日本京都大学。随后两年博士后期课程繁忙，仍抽空对书稿做了不少修订，加入相关图片。离开了北京大学图书馆、国家图书馆、北京大学中国古代史研究中心、京都大学附属图书馆、京都大学文学部图书馆的丰富藏书，此书是不可能完成的。

犹记得二〇一六年九月，我去成府路上的万圣书园买书，结账时在店头看到"破壳计划"的宣传单，默默将其夹入书中。回到宿舍反复翻看，"支持青年创作者出版第一本书"，这句话击中了我，心想不如一试。坦白说，当时并没有抱什么期望。感谢北京当代艺术基金会（BCAF）和理想国，给了我出版第一本书的机会，感谢两位初选评委、三位终选评委对书稿的赏识和直率批评。罗丹妮、张旖旎两位编辑对书稿的打磨出力甚多，简直呕心沥血。在书稿修订过程中，周游告知史料，金炜玲等就书稿提出宝贵修改意见，在此一并致谢。

交此书初稿时，正赶上硕士毕业季，两线作战，常有焦头烂额之感。感谢硕士导师李新峰教授对我不务正业的百般容忍，没有李老师的帮助我不会有机会去日本，遑论此书。最后感谢曾在日本陪伴我的诸位书友，交换留学接近尾声时，在横滨港看烟花升腾又坠落海面的那个夜晚，我永远不会忘记。

2017.6.9 一稿

2017.7.7 二稿

2017.12.21 三稿

2019.9.8 四稿

2019.10.17 五稿

目 录

神保町书店街缘起

今天的东京，是常居人口一千三百多万的超级大都市，但在大化改新（645）的年代，关东还是蛮荒之地。当关西的大和政权对隋唐器物、制度、文化亦步亦趋，建立起律令制国家基础的时候，东京所处的武藏国直到九世纪还处于"凶滑成党，群盗满山"[1]的半无政府状态。

受盛唐之风熏沐的京都、奈良等地，贵族们模仿中原王朝的天下观念，分全国为五畿七道[2]，将自己居住的地区称为"畿内"，将被山川阻隔的关东称为"远国"，那里来的关东人则被蔑称为"东夷"。

东京旧称江户。日本典籍中"江户"一词最早出现于十三、十四世纪之交成书的《吾妻镜》第一卷。这部镰仓时代史书记载，治承四年（1180）有个叫江户太郎重长的人加入平氏的军队，参与

1　内藤昌：《江戸と江戸城》，东京：讲谈社，2013 年，第 23 页。
2　"五畿"分别是山城国、大和国、河内国、和泉国、摄津国，"七道"指东海道、东山道、北陆道、山阳道、山阴道、南海道、西海道。

了对源赖朝衣笠城的进攻[1]。但这里的"江户"只是姓氏名，东京到底从什么时候开始被称为江户，日本史学界尚无定论。

天正十八年（1590）丰臣秀吉（1537—1598）出征关东，击败北条氏政（1538—1590），又迫使东北的伊达政宗（1567—1636）臣服，完成统一大业。秀吉接着收回德川家康（1543—1616）旧领的骏河、三河、远江、甲斐、信浓五国，将关八州约二百四十万石的土地移封给他作为补偿。此举意在将德川家调离中央，免去腹心之患。但江户这座城市的命运，却从此改变。

初到江户之时，德川家族发现这里城郭倾颓破败，寒村敝庐，除了零星的豪强宅邸外，连像样的防御性城墙都没有。惨淡经营江户八年后，伏见城传来了秀吉去世的消息，旷日持久的朝鲜战争也很快宣告结束。庆长五年（1600），卧薪尝胆多年的德川家康在关原之战中大败西军，一举取代丰臣秀吉的地位，开启了二百六十多年的江户时代（1603—1867）。

完成"天下布武"大业的德川家族，将幕府设在龙兴之地江户。德川家族向全国大名征调劳动力，重修江户城，今天神保町所在的神田区，就是那时候填海开辟出的町人地。宽永十七年（1640），江户城落成，与京都平起平坐，并列为日本东、西两大城市。

为了进一步巩固政权，宽永十二年（1635）第三代将军德川家光（1604—1651）发明了"参勤交代"制度。此制度规定，全国二百多家大名，必须轮流在江户城、藩国轮流居住。大名的正妻和

1　高桥秀树编：《新订吾妻镜·赖朝将军记1》，大阪：和泉书院，2015年，第48—49页。

書店……必備の營業武器！

讀書家……必備の蒐書機關！

日本古書通信社は

「讀書家と新古書籍業者との

公平明朗な唯一の連絡機關」です。

拂込通知票

口座
番號 ※ 東京三八〇〇七番

加入者
氏名 ※ 日本古書通信社

※一金

拂込人
住所氏名 ※

票知通込拂
名所人拂込
氏住

受付局日附印

口座管所片日附印

金額以外の記載事項を訂正した場合は相當證印して下さい

文字は正確明瞭に一、二、三、十の數字は壹、貳、參、拾とお書き下さい

振第九號甲

嫡子，则须一直住在江户城里，是扣在幕府将军手里作为人质。随着大名单身赴任的男性随从，全部住在名为"武家长屋"的房子里，衣食住行仰赖周边商铺。与多有婉约之美、略显高冷的京都不同，江户从建城以来就是属于武士和庶民的城市，烟火气十足。

外来人口的大量涌入，催生出商业和都市文化，也促进了出版业的蓬勃发展。在偏爱感官享乐的江户城里，人们对以佛教、儒学、汉诗文集为主的正经书兴趣不大，十返舍一九（1765—1831）以日常生活为题材的滑稽本、曲亭马琴（1767—1848）取材于历史事件的小说、为永春水（1790—1843）描写男女情爱的人情本，和歌舞伎、木版画、狂言等一起，才是纵情声色的"江户子"们追捧的对象。

二

江户时期的日本，据说是全世界识字率最高的国家，除了出版业发达的原因外，还得归功于被称为"寺子屋"的民间私塾。德川幕府末年江户城里有一千多家私塾，全国有一万三千多家。儿童六七岁时便会被父母送到"寺子屋"读书，女孩也包括在内，从平假名、片假名开始学起，接下来读汉文，个别成绩优异者，能够升到藩校继续进修。从目前保存下来的江户时期教材中，多少可以窥见私塾教育之一斑：既有《唐话纂要》《汉语跬步》《唐音雅俗语类》这样的汉语课本[1]，《三字经》《论语》《文章轨范》这样的传统汉籍，

1　李无未：《日本汉语教科书汇刊总目提要》，北京：中华书局，2015 年，第 6、11、14 页。

又有算学、地理、天文方面的理科新书，以及书信模板、商业用语模板等应用文指南。

江户幕府厉行锁国令，只开放长崎的对外贸易，各种西学书籍只有从这个窗口输入日本。只有荷兰人获准与幕府经商，西学在江户时代也被称为"兰学"。安永三年（1774），江户出版商、申椒堂主人须原屋市兵卫出版的德国医学书《解体新书》，就是由福井县人杉田玄白（1733—1817）最早在长崎获得，后将其译为日文。文化十二年（1815）年，杉田又完成回忆录《兰学事始》，只不过正式出版已经是明治初年了。

和很多兰学家一样，杉田生前在日本桥开医馆为生。日本桥位于今天神保町以东几公里处，既是江户城的出版中心，又是商业贸易中心，时人有"无日本桥则无御江户，言御江户则必提日本桥"[1]之说，全国的秀才浪人聚集于此，梦想能够出人头地。

传奇书商茑屋重三郎（1750—1797）喜欢和这些"江户漂"们来往，他还邀请浪人参加出版会议，讨论书籍选题。重三郎最早以出版黄表纸（一种漫画）成名，内容取材于时事，辛辣讽刺幕府官员，大受普通民众欢迎，后来出版的平贺源内（1728—1780）作品、服部南郭（1683—1759）文集、《唐诗选》等，也都畅销一时。

日本桥较有名的出版商，还有专门印刷浮世绘的鳞形屋三左卫门、山本左卫门。葛饰北斋（1760—1849）、喜多川歌麿（1753—1806）等画家的浮世绘作品，在这里化身千万，流向街头，甚至远

1　西山松之助：《江户の生活文化》，东京：吉川弘文馆，1983 年，第 170 页。

销至西欧诸国。仙鹤堂主人鹤屋喜右卫门、山形屋市郎右卫门，则出售普通民众喜闻乐见的净琉璃本（说唱故事）和枕绘本（春宫画）[1]。宽政三年（1791），幕府实行重农抑商政策，整肃出版物，将《绘本太阁记》《北海异谈》等列为禁书[2]，日本桥的书肆受到不小打击。

嘉永六年（1853），美国海军准将佩里（Matthew C. Perry，1794—1858）率舰队驶入江户湾，史称"黑船来航"，德川幕府的锁国体制被外力终结。安政二年（1855），福泽谕吉（1835—1901）在江户筑地铁炮州创办兰学塾，开始招收学生，即今庆应义塾大学的前身。同一时期福泽编译《华英通语》《西洋事情》《雷铳操法》等西学书籍，鼓动全盘西化浪潮。欧风美雨之下，江户开始有取代京都，成为日本出版中心的态势。

完成这一出版业中心转移的神保町，原本只是骏河台附近"表神保小路"（今天的铃兰大道）和"里神保小路"（今天的靖国大道）之间的一块狭窄区域。两条小路的边缘密密麻麻排列着武家旗本的住宅，书店则很少。旗本指那些石高未满一万石的武士，地位在大名之下、御家人之上，有面见将军的权利，日本全国据说有八万旗本。江户末年，神保町的居民普遍拮据，甚至沦为商人的长工。

安政元年（1854），德川幕府与美国签订《日美亲善条约》，安政五年（1858）又与美、荷、俄、英、法签订《五国通商条约》，激起了全国的尊王攘夷运动，不到十年，幕府被推翻。庆应三年（1868）

1　西山松之助：《江戸文化誌》，东京：岩波书店，1987年，第103页。
2　今田洋三：《江戸の本屋さん》，东京：平凡社，2009年，第176—178页。

明治初年的日本桥

八月二十七日，十六岁的明治天皇（1852—1912）在京都即位；九月八日改元明治。九月二十日，明治天皇从京都出发，十月十三日抵达江户，正式将"江户"改名为"东京"。

明治政府连续颁布法令，废除身份制度，将贵族改称"华族"，藩主以下武士改称"士族"，农、工、商一律称平民。延续了千年的封建俸禄制度被废除，只发给士族一次性的"金禄公债"。武士阶层一夜之间沦为赤贫，不少人积郁难抒，全国各地大小叛乱不断，但被政府军一一弹压下去。

为了给明治新贵们腾出位置，新政府勒令大部分武士搬出首都，包括神保町的原住民，被要求在十天之内迁往一百五十公里外的静冈，最多宽限到二十天。胜海舟（1823—1899）目睹当时政府只拨出两艘汽船在东京湾和静冈湾之间往返，协助人们搬家，大部分武士只能匆匆打包细软衣物，抛弃房产，仓皇辞庙[1]。

这些"无禄移住者"没法带走大部分杂物，包括饥不能食、寒不能衣的古书。它们被主人当废纸贱卖，成为神保町古书店最初的货源。不仅是旗本人，在废藩置县运动中，各地大名的领地也被收回，十几代人的珍贵藏书全部流出，除了部分被收入图书馆外，大多数流向古书市场。供过于求，古书价格跌至谷底。

由于消化不完，很多古书被商人运往北京、上海、杭州、广州等地贩卖。大阪商人三木佐助（1852—1926）、上海乐善堂书店老板岸田吟香（1833—1905），都在这一中日贸易中获利颇丰[2]。据广东诗人黄遵宪（1848—1905）回忆，日本各地佛寺保存了大量的佛经和其他珍本秘籍，"变法之初，唾弃汉学，以为无用，争出以易货，连檐捆载，贩之羊城。余到东京时，既稍加珍重；然唐钞宋刻，时复邂逅相遇"[3]。善本古籍，一度与废纸同价。

三

废除旧制度的同时，文明开化运动也在加速。德川幕府在江户留下了两所官办新式学校，一所是安政三年（1856）设立的蕃书调所，以外语和洋学教育为主，文久三年（1863）易名为开成所，后改称

---

1 胜海舟：《氷川清話·時勢の変遷》，东京：中央公论新社，2012年，第133—134页。
2 陈捷：《明治前期日中学術交流の研究》，东京：汲古书院，2003年，第220—248页。
3 黄遵宪：《日本杂事诗广注》卷一《藏书》，长沙：湖南人民出版社，1981年，第128—129页。

东京开成学校。另一所是文久元年（1861）设立的医学所，后改称东京医学校。明治十年（1877），两所学校与昌平学校（前身为昌平坂学问所）合并为帝国大学，下设法科、理科、文科、医科四大学部，为日本近代国立大学之渊薮。

建校初期，除了"和汉古典讲习科"这些特殊专业外，帝国大学聘请的教员基本都是西洋人，以英语授课。明治十四年（1881），日籍教师人数才首次超过了外籍教师，又两年后，授课语言回归日语。明治十八年（1885）帝大迁至本乡校区，步行至神保町仅二十分钟。明治三十年（1897）竞争对手京都帝国大学建立，帝国大学更名为东京帝国大学，战后去掉"帝国"两字，即今天的东京大学。

神田区的私立学校，还有创办于明治十年的学习院，明治十三年的专修大学，明治十四年的明治大学，明治十八年的中央大学、一桥大学，明治二十三年的御茶水女子大学等。有人总结维新初年东京都十五区特色为"军人的赤坂，官吏的四谷，学者的小石川，相扑的本所，华族的麹町，劳动者的深川"，以及"书生的神田"[1]。大学生数量的增加，带来了书籍需求量的猛增，各种出版社、新刊书店、古书店一时在神田兴起。

明治初年的记者服部诚一（1841—1908）曾用汉文记载东京书市道："文华之明，于今为盛，书林之富，古所未闻。英书日舶，佛籍月渡，支那、独逸又相次。蟹行之书，蚯蟠之字，焕乎皆其有文章。著作、翻释，随而刊行，连神书、佛经，纷纷蕴蕴，积以

1　山口义三：《東都新繁昌記》，东京：京华堂书店・文武堂书店，1918 年，第 92 页。

服部诚一《东京新繁昌记》书牌

为培养人才之一大薮……方今书肆之数，追次繁殖，称老铺者大凡五百，至其子肆孙店，不可算数。有卖洋书者，有买杂本者，有发新版，有鬻古籍，有晒书肆，有贷本店，本街横坊，比比连户。"[1]服部认为，书店之多寡，可证文化之盛衰。

据八木福次郎的考证，神田区神保町书店街的开拓者是埼玉县人江草斧太郎（1857—1908）。明治十年他在此创办"有史阁"，后来改名为"有斐阁"[2]，取《诗经》"有斐君子，如切如磋，如琢如磨"之意，主要出版法律书籍。此后神保町又涌现了中西屋、东洋馆、富山房、三省堂、东京堂等书店。行业集聚效应下，明治二十年代以后，原本分散在须田町、淡路町、小川町的书店，京都府的文求堂、

1　服部诚一：《東京新繁昌記》第三编《書肆》，东京：奎章阁，1874 年，叶 17b—18b。案，佛即法国，独逸即德国。

2　八木福次郎：《古本屋の回想》，东京：东京堂出版，1994 年，第 10—11 页。

新潟县的一诚堂、横滨市的金港堂[1]等，也转战神保町。

明治年间神保町的书店分为两大类，一类叫"和本屋"，经营明治以前印刷的线装古典籍；一类叫"古本屋"，主要经营明治以后的新刊二手书。随着西方活版印刷技术的引进，洋装书的大量出版，"和本屋"和"古本屋"数量此消彼长，今天，日本所有旧书店一律称为"古本屋"，与经营新书的"新刊书店"相对。

大正二年（1913），神田三崎町发生火灾，神保町古书店街也是重灾区。在灾后重建中，政府拓宽了靖国大道，开通电车，交通大为便捷，也奠定了今天神保町的整体格局。

中国人在神田的购书活动，大致以甲午战争为界。在此之前，活跃于此地的都是清国公使馆人员，如姚文栋、杨守敬、黎庶昌等人，所购以珍稀和汉古籍为主。《马关条约》签订之后，大量中国留学生负笈东渡，新学书籍转而成为购求重点。

湖南籍官费生黄尊三（1883—1950）是其中之一。一九〇五年黄氏东渡，花了六年多时间在东京攻读法科，课余时间常去神田的旧书店购书。他去过东京堂书店、丸善书店、三省堂等，买过英文小说、日译泰戈尔《白鸟集》、德富芦花《不如归》、《杜工部诗集》、《曾文正公全集》等书[2]。诱惑太多，回国后的黄尊三曾慨叹，自己"贪多而不务得，不专习一门，时而日文德文，时而英文，结果一文无成"[3]。

1 冈野他家夫：《明治大正の出版屋（一）——金港堂》，《読書と文献》，1944年第4卷第4号，第12—13页。
2 黄尊三：《三十年日记》第1册，长沙：湖南印书馆，1933年，第52、141、163页。
3 黄尊三：《三十年日记》第2册，第89页。

大正时代的神保町书店街

　　据黄氏日记，明治末年的神田书肆林立，"新书则日有增加，杂志不下百余种"，很多留学生在附近租房居住，买不起书，"有终日立书店门首抄阅，以书店作图书馆者"，店主看到了"亦不之禁"。到年底时，各种杂志出新年号，无论男女学生，"必买一二册，回家消遣"。中国留学生的各种社交活动，亦围绕神田进行，集会人数最多的是一九○八年四月十日的孙中山演讲会：

　　　　学界假神田锦辉馆开欢迎大会，届时余亦赴会。到者六七千人，无立足地。未几，先生登台，掌声如雷，先述革命经过，继言现在非革命不能救国，滔滔而谈，精神焕发，目光四射，会场中秩序整齐，毫不凌乱，四时散会。余年来因课忙不尝赴会，兹慕先生之名，故特到会，接其颜色。聆其宏论，颇为感动。虽久

　　　　立人丛中，不觉其苦，精神之作用然也。[1]

　　受此感染，一九一一年六月黄尊三回国后也投身革命。

　　在之后的一百多年里，更多的中国留学生相继来到神田，他们浸淫于此，痴迷于此，旋又离开，之后时常怀念起。周作人回忆："我就喜欢在东京的日本的生活，即日本旧式的衣食住。此外是买新书旧书的快乐，在日本桥、神田、本乡一带的洋书和书新旧各店，杂志摊，夜店，日夜巡阅，不知疲倦，这是许多人都喜欢的，不必要我来再多说明"，他抱怨还回国后"在北平实在只有古书还可买"[2]。

　　对读书人而言，无论是谁，无论来自何方，都能在神田神保町的书海里各取所需。这里既是启蒙之街，又是革命之街；既是旧学之街，又是新学之街；既是沉潜之街，又是喧嚣之街；既是断舍离之街，又是贪嗔痴之街。本书的所有故事，都从这里展开。

1　黄尊三：《三十年日记》第 1 册，第 55、125、159 页。
2　周作人：《瓜豆集·怀东京》，石家庄：河北教育出版社，2002 年，第 62—63 页。

人归江上路：文求堂书店

东京专卖汉籍的文求堂书店，已经消失半个多世纪了。

我最早得知这个名字，是二〇一六年六月初在神保町的原书房，收购了一批京都大学保田清教授（1913—1999）的旧藏。这批藏书中多是梁启超、冯友兰、胡适、谢无量等人的民国老版著作，其中也有若干和本，包括朱熹《中庸章句》和《大学章句》单行本各一册，为昭和四年（1929）文求堂书店根据璜川吴氏仿宋刻本影印，从底本、用纸到印刷都很精良，每页密密麻麻，都是保田教授的红笔点断和黑笔批注。

几星期后，去东京古书会馆参加一年一度的"七夕入札会"，拍品预展上又看到昭和十年（1935）文求堂印的郭沫若《两周金文辞大系图录》，一函五册线装。这套书当年仅印三百部，虽然已经有了些虫蛀，起拍价仍是十万日元。文求堂的出版物除了学术著作外，还有《蒙古语会话》《广东语入门》《官话北京事情》等实用小书。这家当年东京地区规模最大的汉学书店，虽然早已湮没，但其遗事仍然散落各处，雪泥鸿爪，待人摭拾。

一

根据郭沫若（1892—1978）自传第三部《革命春秋》，他在文求堂书店出版《两周金文辞大系》，实属无奈之举。

一九二七年四月十二日，国共分裂，国民党大规模清党，一时间腥风血雨。担任北伐军总政治部宣传科长的郭沫若，撰文批评蒋介石"罪恶书不胜书"，不久逃亡日本。旅日十年，郭沫若主要靠卖文为生，十分高产，他曾经"花了六个铜板，买了一部日本版的《易经》……费了六天工夫，便写成了那篇《周易的时代背景与精神生产》"[1]，可谓文思泉涌。

人在异乡，获取资料并不方便。一九二八年他在寻找罗振玉（1866—1940，号雪堂）的著作时，走进了文求堂书店。郭依稀记得十多年前的留学时代，还在本乡第一高等学校读预科时，他就来过这里。当年矮小的日式平房被黑色三层大理石西式建筑取代，屋脊的中式造型"看起来有些异样，仿佛中国的当铺"。郭沫若所说的文求堂的店铺位于本乡一丁目六番地。

店里面"卖的中国书真是多，两壁高齐屋顶的书架上塞满着书，大都是线装的。两旁的书摊和一些小书架上也堆满着书，大都是洋装的"，古今中外、新旧和洋夹杂的布局，正是昭和前期特殊的时代氛围。"靠后左边是账台，右边横放着一张餐桌，备顾客休息。后壁正中有一道通往内室的门，在那两侧有玻璃书橱，也装满着书。"

1　郭沫若：《革命春秋》，北京：人民文学出版社，1979年，第313页。

在餐桌后面坐着的，是当时五十多岁的老板田中庆太郎（1880—1951，字子祥，号救堂），"没有什么血色的面孔作三角形，两耳稍稍向外坦出，看来是经过一种日本式的封建趣味所洗练过的"。虽然其貌不扬，但田中"对于中国的版本却有丰富的知识，在这一方面他可远远超过了一些大学教授和专家……大约在日本人中，但凡研究日本学问的人，没有人不知道这位田中救堂"。

那天表明来意后，田中很快帮郭沫若找到了石印本《殷虚书契考释》，开价十二圆。由于囊中羞涩，郭提出要将身上仅有的六圆钱作抵押，把书借回去看一两天。田中犹豫了一番后婉拒，但告诉郭最好去小石川区的东洋文库借阅，那里应有尽有。说完，他还将在东洋文库工作的熟人介绍给郭[1]。通过田中的引导，郭沫若得以接触东洋文库等处的材料，学问开始突飞猛进。

两三年后再去找田中庆太郎时，郭沫若已经不是为了买书而是卖书。当时他和日本妻子安娜一家七口的经济状况更趋恶化：国内创造社的钱不再按时寄来，汇率波动之下，他在中国发表的文章，稿费兑换不了多少日元。无奈之下，郭沫若只好再次走进文求堂：

> 最使我不能忘记的，是我的一部《两周金文辞大系》，费了两年的工夫研究出来的成果，写信给商务印书馆求售，遭了拒绝。没有办法，只好去求东京的一家书店，书店老板却只肯给我三百

1　郭沫若：《革命春秋》，第340—342页。

圆的版税。我嫌少了一点，因为那本书是很难望再版的。老板说：要晓得啦，三百圆等于中国钱九百多块啦。这话虽然有点伤我的尊严，然而却也刺中了我自己的最软弱的要害。自己虽然迟疑了半个月，然而毕竟还是抱了那部书去换了三百圆老头票到手。从此，我的考古一方面的著作也就接一连二地在日本印出了。[1]

田中不愧是经常从中国进口古籍的，随口就换算出日元三百圆等于中国钱九百多块。平心而论，这笔钱不算少，当时傅抱石在中国留学生监督处担任书记，也不过月领薪水六十圆。田中支付的版税相当于国民政府一个中高级外交官半年的收入。后来郭沫若也承认，这笔钱"使我能在日本立足，识我于稠人之中，那不能不说救堂是个世故很深而具有锐利眼光的人"[2]。

据其他人的记载，田中庆太郎对流亡时期的郭可谓百般照顾。书志学家长泽规矩也（1902—1980）说，自己在第一高等学校当教师时，经常事先给文求堂打电话预定店内吃的盒饭，有时郭氏也在店内，主人就邀请两人一起去"天满佐"大快朵颐，这样的事情有好多次[3]。另一位日本学者增井经夫（1907—1995）也说："先生侨居日本的十年间，交游并不那么广……郭先生最经常出入的，是文求堂书店。那一时期，我每次到文求堂去，郭先生几乎总是坐在客席上。

1　郭沫若：《革命春秋》，第 473 页。

2　殷尘：《郭沫若归国秘记》，上海：言行出版社，1945 年，第 137 页。

3　长泽规矩也：《回忆与文求堂主人的交往》，载钱婉约、宋炎辑译：《日本学人中国访书记》，北京：中华书局，2006 年，第 109 页。

我常常坐在他的近旁，同他长时间地闲谈。先生始终保持着刚强的神态。"[1]

　　郭流亡时居住在千叶县市川，离东京市区二十多公里。除了房租低廉的考虑外，也是为了不引人注意。一九一○年"大逆事件"发生后，日本政府对"赤化分子"的监视异常严密。郭沫若既是中共党员，又是外国人，自然成为便衣警察重点关照的对象。"日本警视厅常到文求堂去，向主人一一查问郭氏的动向，文求堂主人一概都设法给庇护过去了。战争开始后，郭氏对文求堂主人什么都没说，就将太太、儿子留在这里，自己秘密地独自回国了。他走之后，主人对郭氏的行为也是能够理解的。"[2]

二

　　文求堂主人田中庆太郎，究竟是像郭沫若自传所描述的，仅仅是个商人？还是如长泽、增井所说的，是郭氏的恩人？对于郭沫若一九三七年七月二十五日回国[3]后态度的巨大变化，尤其是殷尘（1914—1955，真名金祖同，郭之弟子）在《郭沫若归国秘记》中对

1　马良春、伊藤虎丸主编：《郭沫若致文求堂书简》，北京：文物出版社，1997年，第2页。案，这批书信现已全部流入中国，二〇一六年十一月十四日在北京嘉德秋拍翰墨场开拍，以两千三百万元价格落槌，买家不明。

2　长泽规矩也：《回忆与文求堂主人的交往》，第110页。

3　郭沫若当天不告妻儿而别，由金祖同、钱瘦铁陪同，乘车经横滨、神户，改乘加拿大公司"日本皇后号"轮船，当晚九时启碇离港。见龚济民、方仁念编：《郭沫若年谱》，天津人民出版社，1982年，第285页。

田中"气量小""满肚子怀着鬼胎""把钱看得很重""具有一般日本人的小家气""一个侵略主义者的信徒"[1]之类的酷评,不少日本人闻之错愕,用伊藤虎丸(1927—2003)的话说:"郭先生回国之后,却有时表示对田中先生不满,至少据说如此,这当时就使日本方面的有关人感到难以理解。"[2]

一九五一年田中去世后,留下了二百多封郭沫若的私信,起于一九三一年六月,终于一九三七年六月。它们在田中女婿增井经夫手里一存三十多年,直到一九八六年,中国社会科学院马良春研究员、广岛大学伊藤虎丸教授才开始整理。一九九七年,《郭沫若致文求堂书简》出版,比起掺杂个人感情的回忆录,这批原始档案无疑是还原两人关系的最佳材料。

首先可以确定的是,《两周金文辞大系》在文求堂出版之前,郭氏与田中的关系就很亲密。一九三一年九月,郭氏在信中写道:"顷颇欲决心于中国文学史之述作,拟分为三部,商周秦汉为一部,魏晋六朝隋唐为一部,宋元明清为一部。期于一二年内次第成书。此书如成,需要必多。特憾家计无着,不识有何良策见教否?"很明显,郭沫若是希望田中预支其稿费。虽然找不到田中的回信,但从郭氏一个月后"诸蒙厚待,衷心感谢"的句子推断,至少是满足了部分要求。这样的情况非一次两次,回国那年郭氏还因为债主催逼,

---

1　殷尘:《郭沫若归国秘记》,第136—138页。
2　伊藤虎丸:《增井经夫先生藏郭沫若致文求堂书简刊印缘起》,载《郭沫若致文求堂书简》,第325—326页。

询问田中"再预支三百元，未识便否？"[1]

田中庆太郎还为郭氏的妻弟佐藤俊男来东京求职提供过帮助，在店里招待过其妻及长子，赠毛笔、杂志，还有暑衣数件。更令人讶异的是，田中还偶尔扮演郭沫若的研究助理角色，为其去上野图书馆摹写《古玉群谱》中的玉雕全佩图，抄录陈奂《毛诗传疏》中《小戎》篇"蒙伐有苑"句之疏文，与河井仙郎、中村不折等收藏家接洽制作他们藏品的拓片，并将店里的《周礼正义》《籀範》等书借给郭参考[2]。

旅日十年间，郭沫若的九部考古学著作全部由文求堂书店出版。在殷尘笔下，郭氏曾经"带着思虑和愤怒的样子"向弟子抱怨，这些书出版时，田中从来没给他登过广告，没做过任何宣传，书的销路完全是靠"郭鼎堂"三个字[3]。实际情况如何呢？一九三三年六月份的上海《申报》上有这么一则广告：

郭沫若新著考古学书三种

文学家郭沫若自译著《美术考古学发现史》《中国古代社会研究》之后，更潜心于甲骨学之专门研究，近在日本东京文求堂出版新著三种：

（一）《金文丛考》（八元二角五分）

（二）《金文余释之余》（二元七角五分）

1　马良春、伊藤虎丸主编：《郭沫若致文求堂书简》，第249—250、317页。

2　马良春、伊藤虎丸主编：《郭沫若致文求堂书简》，第251、257、265、279页。

3　殷尘：《郭沫若归国秘记》，第138页。

（三）《卜辞通纂》（十三元二角）

其《金文丛考》中，如《传统思想考》、《新出土三器释》，均有精湛之考释。《卜辞通纂》为治甲骨学之总集，均为我国治此学者所当参考。现由本埠四马路现代书局代售，书到无多，欲购宜从速。[1]

次年一月八日，该报又刊登广告一则："郭沫若氏自息影文坛后，即蛰居海外从事考古，去岁出版《卜辞通纂》等巨著四种，于我国文化上有重大贡献。其新著《古代铭刻汇考》现已出版……考释极为精详……全书分装三册，连史纸影印，实售六元六角上海四马路现代书局代售。"[2] 正是借助田中庆太郎的关系网和销售渠道，郭沫若不但研究条件得到基本满足，还能与国内学界保持密切联系。

以鲁迅（1881—1936）为例，除了一九三五年四月出版的《青铜器研究要纂》日译本、一九三七年五月的《殷契粹编》以外（那时鲁迅已过世），他将郭沫若在文求堂出的甲骨文著作照单全收[3]。这些书大多通过内山书店购入，往往文求堂书店印好后十天左右，新书就已经到达上海，再过几天就摆在鲁迅的书架上了。

结合《申报》以及鲁迅日记的记录，可确定郭氏后来对田中的

1　上海《申报》，1933 年 6 月 7 日，第 12 版。

2　上海《申报》，1934 年 1 月 8 日，第 12 版。

3　根据鲁迅的书账，分别是：一九三二年《两周金文辞大系》一本八元、《金文丛考》一函四本十二元、《金文余释之余》一本三元，一九三三年《卜辞通纂》四本十三元二角、《古代铭刻汇考》三本六元，一九三四年《古代铭刻汇考续编》一本三元五角，一九三五年《两周金文辞大系图录》五本二十元、《两周金文辞大系考释》一函三本八元。（《鲁迅全集》第 16 卷《日记》，北京：人民文学出版社，2005 年，第 343、347、350、419、425、500、576、579 页。）

郭沫若《殷契粹编》封面及书影，1937 年文求堂书店版

控诉不太可信，长泽、增井的说法更接近实情。因为在日期间经济
压力大，郭沫若埋怨出版社不够意思的情况不止这一次。一九三三
年年初，郭沫若曾向生活书店老板邹韬奋（1895—1944）接洽出版
自传，开口索要版税每千字二十元，而且要预支一半，"生活书店
因价过昂，允考虑；郭因是颇不满意于邹韬奋，谓文字上纵不捧场，
经济上也应帮忙云"[1]。

　　田中庆太郎对郭氏之照顾，纯粹是因为钦佩后者之学问。否则
他不可能让自己最钟爱的次子田中震二（1911—1936）拜郭沫若为
师，随郭氏一起遍访日藏殷墟甲骨。为什么郭沫若要刻意掩盖他与
"子祥先生"的私人关系呢？除了一九三七年中日全面开战，"四万万
人多蹈厉，同心同德一戎衣"[2]的因素以外，恐怕也与政治环境的变
化有关。

<hr>

1　《郭沫若之稿费》，《老实话》1933 年第 2 期，第 11 页。
2　上海《申报》，1937 年 8 月 3 日，第 11 版。

一九四九年七月一日，毛泽东发表《论人民民主专政》，提出"一边倒，是孙中山的四十年经验和共产党的二十八年经验教给我们的，深知欲达到胜利和巩固胜利，必须一边倒。积四十年和二十八年的经验，中国人不是倒向帝国主义一边，就是倒向社会主义一边，绝无例外。骑墙是不行的，第三条道路是没有的"，全面拥抱社会主义阵营[1]。翌年，《革命春秋》在海燕书店出版，当时拥有政协全国委员会副主席、中苏友好协会副会长、中国人民保卫世界和平委员会主席等头衔的郭沫若，强调自己与文求堂老板仅是顾客与商人的关系，无疑在政治上最为保险。至于在东京共同赏春，"步《岚之歌》韵，赋狂歌一首"，"相对素心人，神游话悠久"[2]的情愫，终究还是不说为妙。

但私底下，郭沫若对于田中也不无愧疚。一九五五年十二月，他以中国科学院院长的身份率团访问日本，在近三周的时间里受到热情招待。期间郭沫若曾独自赴神奈川县叶山高德寺祭奠老友。当时田中的遗孀田中岭在场迎接，两人皆泪洒墓前。"我对郭氏的敬佩之处是，在他来日的百忙之中，还特意赴叶山，到文求堂主人的墓前表示敬意。"[3]后来得知此事的长泽规矩也评价道。

1　毛泽东：《论人民民主专政——纪念中国共产党二十八周年》，《人民日报》1949年7月1日，第1版。
2　马良春、伊藤虎丸主编：《郭沫若致文求堂书简》，第259、260页。
3　长泽规矩也：《回忆与文求堂主人的交往》，第110页。

三

文久元年（1861），文求堂书店创业于京都寺町街四条北边路西，原本是皇室御用书店，店名"文求"，乃年号"文久"的谐音。江户末年日本内忧外患，尊王攘夷论随之兴起，文求堂出版维新派的著作，为之推波助澜。二代目田中治兵卫还以书店为据点，照顾各方维新志士，其中最有名的是后来的驻德公使、内务大臣品川弥二郎（1843—1900）。

明治维新后，文求堂改售各种清国刻本，兼营和刻本。京都大学教授神田喜一郎（1897—1984）查阅祖父神田香岩（1854—1918）一八八七年的日记，发现嗜好汉诗的祖父，曾在文求堂买到过当时正流行的清朝"嘉道六家"[1]诗集，包括吴嵩梁《香苏山诗钞》、孙原湘《天真阁集》等[2]。迁都后京都书店业萎靡不振，一九〇一年文求堂将店址迁到东京。

田中庆太郎出生于一八八〇年，年轻时就读于东京外语大学中国语学科，是著名书志学家岛田翰（1879—1915）的同班同学。岛田博闻强识，精于版本目录学，著有《古文旧书考》《群书点勘》等，其最重要的事迹是帮助三菱老板岩崎弥之助（1851—1908）买下湖州人陆心源的皕宋楼、十万卷楼、守先阁藏书，建起静嘉堂文库。

---

1 "嘉道六家"指活跃于清朝嘉庆至道光年间的六位诗人，分别是舒位、吴嵩梁、乐均、孙原湘、刘嗣绾、屠倬。菊池晋、内野悟所辑《嘉道六家绝句》在日本风行一时。

2 神田喜一郎：《あゝ文求堂》，《神田喜一郎全集》第10卷，京都：同朋舍，1997年，第309—311页。

内藤湖南（1866—1934）回忆："光绪末年，中国各省的提学使十余人来到日本，其中还有几位校勘学的大家，却都被岛田很是戏弄了一番。"[1] 这种说法真实性暂且存疑，但从这位精通版本的岛田那里，田中肯定受益匪浅，据中国学者的记录，两人也曾合作从中华民国买入汉籍[2]。岛田后来因试图偷窃金泽文库旧藏《文选集注》古写本而遭到警方逮捕，斯文扫地，在狱中自杀身亡，田中拾掇老友遗稿十二篇，集结成《访余录》出版。

大学期间，东京日本桥街上有一家专卖汉籍的书店青木嵩山堂，田中庆太郎经常去那里看中文书。暑假回京都时，他向父亲建议，不妨效仿该店老板青木恒三郎，从上海试着进口些石印本、铅印本新书，看看有没有销路。不久后从上海江左书林邮购的一批新汉籍，成为文求堂书店涉足中国图书业的开始。

一九○一年大学毕业前夕，田中庆太郎第一次来到中国，游历了上海、苏州、杭州等地，饱览美景的同时，钻进一些书店"胡乱地买了一些杂书。不可思议的是，我将这些杂书带回日本后，不管什么全部卖出去了"。第二年他又去了一趟北京，"非常吃惊于北京

---

1 内藤湖南著，林晓光译：《东洋文化史研究》，上海：复旦大学出版社，2016 年，第 99 页。
2 王国维一九一二年六月二十九日致缪荃孙函云："岛田（翰）带来之书，除杂剧外尚有宋刊《圣宋文选》，尚有稿本、写本等共三十部，闻田中（庆太郎）有购之之意，将来必可见其目录也。"又同年 9 月 5 日致缪氏函云："昨日田中（庆太郎）有电云，有要事至津，或系到沪与岛田（翰）合购书籍，现岛田之来，恐为田中作伙计也。"（王国维：《书信·致缪荃孙》，谢维扬等编：《王国维全集》第 15 卷，杭州：浙江教育出版社，2009 年，第 42、44 页。）

有那么多的书店"[1]。

一九〇三年目录学家缪荃孙（1844—1919）来日本考察学政时，二月二十三日曾"过文求堂，购《御览》《左氏传》《六典》，均佳"，三天之后又来，"得至大《中州集》、影宋钞《杨诚斋集》，与岩村子功写册叶"[2]，可见田中的选书眼光独到，店里时有珍品。

此后田中庆太郎几乎每年都来中国，一九〇八年更是在北京购置房产，一住就是三年。刚开始，他自忖对中国古书的版本不够熟悉，所以拿邵懿辰《四库简明目录标注》等书日夜研读，与傅增湘等中国版本目录学家来往，出入琉璃厂各书肆，大量购买古籍、书画、碑帖邮寄回日本。

在读贵州人莫友芝的《邵亭知见传本书目》时，田中发现此书被后人随意增删，各个版本袭缪沿讹，几丧本真，干脆自己花三个多月时间校勘诸本，并补辑莫氏未见之版本，一九〇九年二月排成铅字，在北京德兴堂印字局出版[3]。出人意料的是，书问世后大受欢迎，初印几百部顷刻售罄，后来又被上海扫叶山房、国学扶轮社多次重印。湖南藏书家叶德辉（1864—1927）记载："莫批为苏州书估侯驼子借抄，流传至京师，遂为厂甸秘笈……日本书估田中庆于宣统初

1　田中庆太郎：《汉籍书店的变迁》，载高田时雄、刘玉才整理：《文求堂书目》第16册，北京：国家图书馆出版社2015年，第447页。

2　缪荃孙：《艺风老人日记·癸卯日记》，张廷银、朱玉麒主编：《缪荃孙全集 日记2》，南京：凤凰出版社，2014年，第225页。案，《御览》指《太平御览》，《左氏传》指《春秋左氏传》，《六典》指《唐六典》。

3　书十册线装，本文用连史纸，每半叶十行，每行二十字，其牌记云：明治四十二年二月即宣统元年正月东京田中氏刊行于清国北京。

得其本，以活字版印行，颇获大利。今沪上、京师已三次覆印矣。"[1]
说的便是此事。

在书热销那年秋天，消息灵通的田中得知敦煌发现了藏经洞，从那里回来的伯希和（Paul Pelliot，1878—1945）正在北京休整，田中就与罗振玉、王式通、董康、曹元忠等人登门拜访。当天的情形，十一月田中以"救堂生"的笔名在北京的日本人杂志《燕尘》上发表《敦煌石室中的典籍》一文，写道：

> 伯希和氏系年仅三十之青年绅士，颇具学者气象。会晤之际，伯希和氏不以西洋语，而以流畅之北京语交谈，并介绍其友人夏巴奈与曼托罗，欢谈甚洽。
>
> 伯希和氏为研究清国西陲之地理古迹，于前年从本国出发，经俄属中亚细亚，进入新疆。滞留库车八月，乌鲁木齐二月，吐鲁番数周，继续其研究。于乌鲁木齐听闻敦煌石室之事，遂经巴里坤、哈密至西安。知州某赠古写本一卷，系唐写本无疑，便于去年冬日至敦煌，滞留三月，终获三危山下石室所藏之写经与他物。

法国人当天只向众人展示了随身携带的几十件古文书，可件件"皆惊心骇目之贵重品，为唐写本、唐写经、唐刻及五代经刻文、唐拓本等，纸质不离黄麻、白麻、楮纸三种"，其内容包括《老子

1　叶德辉：《郋园读书志》卷四《书目答问不分卷》，上海古籍出版社，2010年，第190页。

化胡经》《尚书·顾命》残页等。田中略带矜持地评价"鄙以为此
乃学术上之大发现也"[1]，罗振玉则当场"诧为奇宝"[2]。

《燕尘》上的这篇文章发表十二天后，日本东京、大阪两地的《朝
日新闻》同时刊发《敦煌石室的发现物》，日本学界这才知道敦煌
宝藏之存在[3]。除了莫高窟以外，清末民初，欧美各国探险队蜂拥至
中国边疆，吐鲁番、黑水城等地的西域文书渐出，作为日本最早目
睹敦煌出土文献的人，田中庆太郎之后应当有所行动。但这类跨国
文物买卖行为游走于中国政府法律规定的灰色地带，不能明目张胆
地进行，只能从蛛丝马迹中稍为推知。

一九二二年，旅居日本的俄国学者聂历山（Nikolai A. Nevsky，
1892—1937）委托敦煌学家、文求堂常客石滨纯太郎（1888—
1968）道："顷欲于自宅中研究西夏文，君若有暇，还望劳烦顺路
去文求堂打听下有无西夏文书，拜托拜托。"[4]很有可能，当时田中并
没有将这类文物信息刊载于《文求堂书目》中，所以聂历山才需要

1　田中庆太郎：《敦煌石室中的典籍》，转引自严绍璗：《汉籍在日本的流布研究》，南京：
　　江苏古籍出版社，1992 年，第 180 页。
2　罗振玉：《集蓼编》，罗继祖主编：《罗振玉学术论著集》第 11 集，上海古籍出版社，
　　2010 年，第 56 页。
3　严绍璗：《汉籍在日本的流布研究》，第 181—183 页。
4　转引自加藤九祚：《天の蛇：ニコラス・ネフスキーの生涯》，东京：河出书房新社，
　　1976 年，第 148 页。除了北京的渠道外，田中·也可能从日本藏家大谷光瑞及其后
　　人处购得西域出土文书。据董康《书舶庸谭》记载，一九二七年四月二十八日，"西
　　本愿寺住持某在某俱乐部竞卖所藏书籍，田中亦往。入扎鬻出之价逾万元，渠亦得
　　标千四五百元"。案，京都西本愿寺住持由大谷家世代继承，第二十二世大谷出于
　　护教热忱，于一九〇二、一九〇八、一九一〇年共自费组织了三次探险队赴中国西
　　北地区考察，携回文物无数。

托熟人私下询问。

在北京那几年，田中的版本目录学功力突飞猛进，日积月累之下，逐渐锻炼出了"看汉籍的天头地角，便可以认出书籍的好坏"[1]的锐利眼光。对于这个少年老成的日本书商，当时在琉璃厂通学斋书店当店员的孙殿起（1894—1958）印象深刻：

> 日本东京文求堂主人田中庆太郎，清光绪末叶，每年必至我国北京，搜罗书画法帖一次或两次……是时我国学者，多喜读集部书，故对于府州县志，无人过问；厂肆志书，多被他人买去。普通本以罗计，每罗一文明杖高，仅售现银一圆。其他善本稀见者，如《三关四镇志》，价亦相当低廉。其于书肆交易最密者，琉璃厂文友堂，隆福寺文奎堂。并经常托文友堂代搜《永乐大典》，每册现银壹佰元，购去数十册；并介贵阳陈崧山（田）庋藏明板书数十箱，其中明人集类居多数，全部捆载而去。此外旧本小说曲谱，亦多为他人购去。至我国商务印书馆以及各图书馆，购买志书、小说、曲谱者，皆在其后。[2]

田中庆太郎以手杖为单位买地方志的轶事流传甚广，张涵锐也有类似记载。贵州人陈田（1849—1921），专治明代文学，著有《明诗纪事》，辛亥革命爆发后他仓皇离京，藏书经北京文友堂的

1　《荷兰大使倡议编撰文求堂主人追忆文集》，载钱婉约、宋炎辑译：《日本学人中国访书记》，第 114 页。
2　孙殿起：《琉璃厂小志》，上海书店出版社，2011 年，第 269—270 页。

中介，以三千五百金全部卖给文求堂，时人感叹"以视近年书价，直不可同日而语"[1]。

四

一九一二年，田中庆太郎从北京回国。那年既是中华民国元年，又是日本大正元年，同为改元之年，两国的国运却天差地别，这从文物流动的方向便可窥见。刚三十出头的田中占据天时地利，人称"本乡鬼谷子"，凡古籍、书画、古砚皆有所涉猎，一举成为此后几十年中国古籍东渡的弄潮儿。北京琉璃厂一带的书肆自不必论，上海的中国书店、蟫隐庐、博古斋、来青阁、汉文渊等，也一直与文求堂保持着密切的业务往来[2]。

来自北京的旧版书，来自上海的石印本、铅印本，日本的和刻本，文求堂贩售的书日益可观。这从大正二年一月的《文求堂唐本目录》中可窥知一二。目录上以清刊本和明刊本居多，后者包括南监本《后汉书》、黄金《皇明开国功臣录》、郑晓《吾学编》、陈建《皇明通记》等。更引人注目的是宋版书，如著名的南宋绍兴年间"眉山七史"（有学者认为其刻于杭州而非眉山），文求堂仅缺其中《梁书》一种而已。

1　陈田：《贵阳陈氏书目》，《北平图书馆馆刊》1929 年第 3 卷第 5 号，第 698 页。引文出自书目末尾赵万里之识语。

2　如大正六年文求堂由北京购入《文薮》丛书，含明末清初刻本一百五十二部，后售予京都大学教授富冈铁斋，见神田喜一郎：《明の四夷館に就いて》，载氏著《東洋学説林》，东京：弘文堂，1948 年，第 2—3 页。

　　单套书的价格一般在十圆以下，初印本、宣纸印本会提价到几十圆，标价几百圆的往往是珍品。至于上千圆的书，翻遍目录，仅有宋版《史记集解》一部而已。此部书一匣十四册，为南宋绍兴庚申年（1140）邵武东乡朱中奉宅刊本，原本一百三十卷，仅存五十八卷，标价一千五百圆。再翻阅二月的《文求堂唐本书目》，已经不见此书的条目，买走此书的是京都大学教授内藤湖南。《说宋元板》一文中，他在讲到宋元版书的避讳问题时，提到一句："从我自己的藏书中，根据年号明确的本子来考察，可以知道当朝天子的讳是不缺笔的。从家藏绍兴年间板的《毛诗正义》以及《史记集解》来看，高宗的构字并不缺笔。"[1] 说的便是这部天价书。由书首题记可知，此书早在室町幕府时代便传至日本，曾先后被井井居士、岛田重礼收藏。

　　在得到此书之前，湖南已经收入一部竹添光鸿手装、北宋小字刊本《史记集解》六十九卷，据尾崎康的统计，此乃日本目前除佛经外仅存的十部北宋版书之一[2]。得到这两部宋版《史记集解》后，湖南先是特制一枚印章"宝马盦"，后又写下《恭仁山庄四宝诗》七绝四首书赠田中庆太郎，诗曰：

> 奇篇只合属吾曹，岂许老伧论价高。
>
> 史记并收南北宋，书生此处足称豪。[3]

1　内藤湖南：《东洋文化史研究》，第 97 页。

2　尾崎康：《以正史为中心的宋元版本研究》，北京大学出版社，1993 年，第 9—10 页。

3　内藤湖南：《湖南诗存·恭仁山庄四宝诗》，印晓峰点校；《内藤湖南汉诗文集》，桂林：广西师范大学出版社，2009 年，第 39 页。

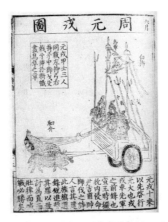

元刻本《诗集传音释》，《文求堂善本书目》之一

一九二九年，故宫博物院图书馆馆长、双鉴楼主人傅增湘(1872—1949) 访问日本，调查中国古籍。十月底，他慕名来到京都府南郊加茂町瓶原村的恭仁山庄，内藤湖南亲自为傅氏备茶，尽出唐钞宋椠共同品鉴，除了《毛大将军海上情形》抄本、《满清纪事》日本活字本、《夷氛闻记》抄本外，最贵重的就是这部绍兴版《史记集解》了[1]。傅氏在《藏园群书经眼录》中描述完了此部书的版式后，接着鉴定其为南宋版无疑：

每叶钤"兰陵家藏书籍"朱文印，为日本飞鸟井伯爵故物。

按：此本铁画银钩，字体雕工与瞿氏藏周易相类，是南渡初

1　傅增湘：《藏园群书经眼录》卷四《史部·杂史类·毛大将军海上情形一卷》《满清纪事一卷》《夷氛闻纪五册》，北京：中华书局，1983年，第263、267、270页。

建本之精者。又，此书行款前后不同，或有因此致疑者。然以余所见，宋刊《监本纂图重言重意互注礼记》半叶十行十八字，卷十五以后则为每行十九字。又见元刊《音注全文春秋括例始末左传句读直解》，半叶十二行二十一至二十四字，卷三以后有十三行十四行不等，并有缩至十一行者。宋元本间有如此者，不足怪也。[1]

现藏京都大学人文学研究所的《清三朝实录》，据学生神田信夫说，也是内藤湖南一九一三年从文求堂购入的，当时的价格是三百圆[2]。据内藤湖南自述，这部编年体史书是江户时代随唐船来日的旧抄本，文化四年（1807）由村山芝坞、永根冰斋二人刊刻[3]。

五

田中庆太郎从北京总共收购了二十册《永乐大典》，五册辗转卖给美国国会图书馆，十五册归东洋文库，"进入中华民国，关于清朝掌故类的书籍如满文、蒙文的书籍，在清朝时非常贵的《皇朝礼器图式》《皇清职贡图》等类，一时间价格都降了下来。当时我

1　傅增湘：《藏园群书经眼录》卷三《史部·纪传类·史记集解一百三十卷》，第 162 页。
2　神田幸夫：《清朝史論考》，东京：山川出版社，2005 年，第 413 页。
3　内藤湖南：《清朝開国期の史料》，《讀史叢録》，东京：弘文堂书房，1929 年，第118、122 页。此书亦有从日本回流中国者，民国初年编纂《清史稿》时曾采用，张尔田致刘承幹信云："去岁获见日本传钞《三朝实录》残本，乃乾隆续修以前红本，与今《实录》所载异同颇多，惜索值太昂，仅采数条入拙编中，近不知为何人购去也。"（张尔田著，梁颖整理：《遯庵遗札》，载《历史文献 第十九辑》，上海古籍出版社，2015 年，第 267 页。）

还不傻，知道这必定是一时的现象，就搜集购买了不少这些便宜的书……再以几倍的价钱卖出去，也还是便宜"[1]。田中总结出一个规律：学术潮流和政治变革会影响书价，古书店必须在最恰当的时机买入。

在一九一七年发表在《史林》杂志上的一篇考证《宪台通记》的文章中，内藤湖南提道："数年前，现任中国大理院院长董康氏侨居京都吉田山时，带来了十六七册从北京书肆买到的《永乐大典》，分给了我、京都帝国大学、其他大图书馆及个别学者。之后，东京文求堂也从北京弄到了几本，最后都被富冈谦藏氏收藏。我从董康氏那里也分得一册，为两卷装订在一起。"[2]

携《永乐大典》到日本的董康（1867—1948），字授经，江苏武进人，清末进士，著有《书舶庸谈》，并编纂有《民法亲属继承两编修正案》《集成刑事证据法》等。辛亥革命后，董康、罗振玉、王国维三人先后流亡日本，与京都学派诸君关系密切。董康的本业是法律，也酷爱藏书，专收戏曲小说，鉴于一九一一年以后东京"旧书价之昂贵，等于厂肆。东邦古刻，俗所称五山版者，其价尤倍于宋椠"[3]，在日期间他为筹措资金，时常倒卖书籍，与岛田翰志同道合。两人不但相互交换藏书，还曾"秋日相与访书于西京奈良间，纵观古刹旧家之

1　田中庆太郎：《书蠹忆往》，载钱婉约、宋炎辑译：《日本学人中国访书记》，第 90 页。

2　内藤湖南：《憲臺通紀考證》，《讀史叢録》，第 441 页。

3　顾廷龙校阅：《艺风堂友朋书札·董康》，上海古籍出版社，1980 年，第 440 页。

藏"[1]，一个多月后方尽兴而回。

北洋政府成立后董康回国，官至司法总长，人称"董大理"。一九二六年他被孙传芳购捕，避居日本半年，每天都在宫内厅图书寮、尊经阁文库、内阁文库等地调查古籍善本，居间牵桥搭线的多是田中庆太郎。时任东洋文库长石田幹之助回忆，"在田中先生处相遇最多的……外国方面，有中国的董授经先生"[2]。一九二七年三月二十九日，董康的日记中有"田中约至（东京）大学赤门前杏花楼晚餐"的记录。当天到场的，还有内藤湖南及其学生稻叶岩吉(1876—1940)，四人畅饮至深夜方散[3]。

一九三七年，董康落水与日本人合作，任华北伪政权司法委员会委员长。八年后日本战败，他被国民政府逮捕下狱，后保外就医，八十一岁时病死于北平家中。二〇一四年，北京大学花高价从日本回购的大仓文库两万册，其中不少是董氏诵芬室的旧藏，因为经济问题卖给大仓喜八郎。鲁迅是颇看不上这类行径，曾评价董康不过因复刻古本而闻名，"算不得学者"[4]。

留学日本的周氏兄弟，与文求堂亦有渊源，两人都曾在此出书。大哥鲁迅较早，一九三二年五月二十一日的日记云："收文求堂印《鲁迅小说选集》版税日金五十。"同年六月二日又有"得文求堂田中

1 董康：《刻皕宋楼藏书源流考题识》，载岛田翰：《古文旧书考》，上海古籍出版社，2014 年，第 393 页。
2 石田幹之助：《回忆田中氏的一些往事》，载田中壮吉编：《日中友好的先驱者："文求堂"主人田中庆太郎》，东京：泛极东物产株式会社，1987 年，第 11 页。
3 王君南整理：《董康东游日记》卷三，石家庄：河北教育出版社，2000 年，第 127 页。
4 《鲁迅全集》第 14 卷《书信·致山本初枝》，第 362—363 页。

庆太郎信"的记录[1]。

一九三四年八月周作人访日期间，经郭沫若介绍认识田中庆太郎[2]。十七日上午，周"同耀辰往文求堂，访田中君。未几，郭沫若君亦来，同往千驮木町田中宅，即旧森氏观潮楼也。午在大学前'钵の木'洋食，田中氏夫妇为主人"[3]。这里的耀辰，指的徐祖正(1895—1978)，"创造社"的发起人之一，与周氏兄弟过从甚密。后来周作人在北京大学创立东方语言文学系，徐氏亦受聘为该系教授。森氏，则是日本著名小说家森鸥外(1862—1922)。三十年代中期田中在东京有两处高级房产，经济上想必颇为宽裕。

翌日，田中再度邀请周作人来文求堂书店看书，并约定两天后一起拜访中村不折(1868—1943)。中村是东京书道博物馆的创始人，其私人藏品囊括甲骨、先秦青铜器与敦煌、吐鲁番写本。郭沫若在做甲骨研究时，从中村那里求得不少拓片。二十日那天，周作人和田中庆太郎、徐祖正一起去中村不折家参观，受到热情接待，主人"以所印汉魏写经一帖见赠"[4]。周与田中那几天的相处想必很融洽，因为几年后文求堂书店就编辑出版了中文版的《周作人随笔抄》。

即使是未曾谋面的同行，田中也有求必应。一九三二年，目录

1 《鲁迅全集》第16卷《日记》，第311、313页。

2 郭沫若一九三四年致田中庆太郎信云："迳启者：今日周作人、徐祖正两先生来访，谈及尊处，颇愿识荆，嘱为介绍，拟于十七日午前奉访，并欲瞻仰观潮楼，不识尊便如何？又，两君欲访中村不折翁，兄台如能介绍，尤所至祷。"见马良春、伊藤虎丸主编：《郭沫若致文求堂书简》，第299页。

3 《周作人日记》下册，郑州：大象出版社，1996年，第663页。

4 《周作人日记》下册，第665—665页。

1932 年 3 月《文求堂书目》

学家陈乃乾（1896—1971）——他后来主持标点了中华书局版的《三国志》——还在上海文明书局当编辑，他在阅览当年的《文求堂书目》时，发现其中有中国已经失传的蔡幼学《育德堂外制》五卷，为南宋初年刊大字初印本，不禁欣喜若狂。但因该书一千五百日元的价格实在太高，陈氏只好致信田中庆太郎，请求借阅此书校勘并影印，利润双方对分。三个月后六册书抵沪，田中附信道："先生既为流通学术而影印，弟不敢贪酬，愿得二十部足矣！"[1]

六

　　文求堂的第一次经营危机，发生在一九二三年。那年九月一日，日本爆发关东大地震，单是东京大学附属图书馆一处，就有

1　陈乃乾著，虞坤林整理：《陈乃乾文集》下，北京：国家图书馆出版社，2009 年，第 1019 页。

七十六万册图书被烧毁，其中包括德国梵学家麦克斯·穆勒（Friedrich Max Muller，1823—1900）的全部藏书、五台山本朝鲜《李朝实录》以及《满文大藏经》《蒙文大藏经》《西藏文大藏经》等等。文求堂也难逃一劫，辛苦搜集的所有的书籍和字画都付之一炬。

重建书店时，田中庆太郎毅然决定放弃传统的木质结构，改用钢筋混凝土建筑，店铺和住宅一体，这就是后来二战时连燃烧弹都未能摧毁的新店。与周边的日式建筑相比，新楼鲜明的中式风格多少有些鹤立鸡群，尤其是屋顶醒目的绿琉璃瓦。"《大清会典》规定，只有亲王府才有资格用绿琉璃瓦，"当时在东大攻读中国法律史的仁井田陞（1904—1966）看到后评论道，"如果是在清国这么做的话，这在清律里属于'越分僭用'罪，是要被笞杖五十下的。"[1]

地震过后，损失惨重的田中一度暂时放弃经营善本古书，改从上海大量输入新印中文书。由于商务印书馆、中华书局等社的新书价格低廉、需求量大，因此收到很多订单。"从资本收回、资金流动的意义上说，这一时期是我经营最成功的，因为程度相对低等的书籍比高等的书籍更容易收回资本。"[2]

业务能力炉火纯青的庆太郎，将继承家业的期望寄托在次子田中震二身上。震二毕业于第一高等学校，很早就跟随郭沫若学习中文及历史，他聪明机敏，还翻译了郭的《青铜器研究要纂》，为文求堂《支那学翻译丛书》第一种。震二的译者序和附注广泛引用

1　仁井田陞：《文求堂とわたくし》，载幼方直吉、福岛正夫编：《中国の伝統と革命2》，东京：平凡社，2007年，第231页。
2　田中庆太郎：《书蠹忆往》，第94页。

古桥柳太郎氏设计监督   小泉工业所建造

文求堂书店新楼

王国维（1877—1927）、梅原末治（1893—1983）、安特生（Johan Gunnar Andersson，1874—1960）等学者的最新成果，俨然学者风范[1]。可惜这似乎是他留在世上的唯一文字。

　　一九三六年八月，年仅二十六岁的震二因病去世这对田中打击极大。两年多后，他在《羽陵余蝉》的附记中写道："六月六日完成此书时，已是深夜，本乡区的街道，万物寂静。难以入眠，独坐桌旁……依稀中仿佛听到亡儿震二的声音。"[2]他明白自己必须振作，从家业继承的大局出发，改让长子乾郎（1910—1952）克绍箕裘。一九三七年文求堂出版《简易日中对话》一书时，有细心记者注意

1　郭沫若著，田中震二译注：《青铜器研究要纂》，东京：文求堂书店，1935 年，第 28 页。
2　田中庆太郎：《羽陵余蝉》，东京：文求堂书店，1937 年，第 217 页。

到"出版人"一栏上，名字已经换成了田中乾郎[1]。

一九三八年六月，乾郎被父亲派往日军占领下的北平，这里也是他的出生地。乾郎在鲍家街一带住了两年多，像父亲一样出入于大小书肆，见习版本目录学知识。因为北京话地道，一九四〇年八月，东大法制史学者仁井田陞访华时，由田中乾郎担任翻译[2]。

在北京期间，乾郎曾花了一周时间，观摩在琉璃厂街角文昌殿举办的一场古籍拍卖会。根据他的记录，从中午开始买家们进场，浏览露天摆放的拍品，并将写有书号、书名和愿出价格的入扎清单交给买受人，每人一张纸，上面可记多部书。至五点整入扎截止，一张张地唱票、计价，价高者胜，晚上七点天黑才收摊。乾郎指出，这种中式拍卖效率实在太低，大半天折腾下来，仅拍出五十部[3]。

在日本侵华战争期间，东京文求堂书店里说中文的时间越来越少了。这时荷兰外交家、后以狄公案系列侦探小说成名的高罗佩（Robert Hans van Gulik，1910—1867）来东京公使馆工作。高罗佩回忆自己刚去文求堂时："我的日语还说不好，但是同他（田中）却可以用北京话对谈，因而感到非常的愉快。"一九四〇年五月，德军入侵荷兰的消息传来，田中打电话邀高罗佩来店里看一部新到的

1　《文求堂田中慶太郎氏の美擧》，《日本古書通信》1937 年第 91 号，第 65 页。该文同时报道，文求堂印成《简易日中对话》后，将其中一万册寄送陆军省，其用途不言自明。但侵华战争期间，日本文化界支援军人为普遍现象，就连以学风自由著称的京都大学，次年也成立"慰问文库"，将五百册图书寄给中国前线的十六师团司令部。除此之外，田中庆太郎并无其他支持战争的言行，且多次表达反战情绪。

2　仁井田陞：《清代の北京の刑場——刑法学者董康氏を訪う》，载幼方直吉、福島正夫编：《中国の伝統と革命 2》，第 308—309 页。

3　田中乾郎：《北京通信》，《日本古書通信》1939 年第 119 号，第 41—43 页。

明版书，"看过之后，又经他邀请去日本餐厅……我当时只知吃饭，事后想起来才明白，他是为了安慰我才这么做的"[1]。

高罗佩虽不是科班出身，但研究古琴、长臂猿及房中术皆有所成，日本学者对他印象深刻。长泽规矩也回忆这位身材高大的外交官"日语讲得好，北京话也说得好，还会弹中国琴。在酒席上和着三味线琴唱俗曲，唱的净是些下流的歌，也不知是谁教给他的"[2]。当时在店里帮忙端茶倒水的三子田中壮吉（1921— ）则记得，高罗佩每天和父亲嘻嘻哈哈时，嘴里经常蹦出从日本歌舞伎那里学来的俚俗词汇，"地道的东京下町艺人们说的方言，想回答都很为难"[3]。

一九四二年十二月底的晚上，高罗佩最后一次来到文求堂，当时日荷两国已宣战，荷兰外交官即将离开。那晚下着大雨，他既没有打伞，也没脱被雨淋湿的外套，坐在门口与田中庆太郎谈了五分钟，"荷兰与日本交往已有二百多年的历史……局势发展到了如今的地步，实在遗憾"[4]。说完坐汽车匆匆离去。离开日本后，高罗佩先在荷兰军中服务，后辗转来到国民政府陪都，在荷兰流亡政府驻重庆使馆中任职。一九五一年他再度回到日本时，文求堂已经物是人非了。

在战争后期，大部分日本人连温饱都成问题，更没有余力再购买书籍。为了支撑战争，一九三九年日本政府公布《价格等统制令》，

1　高罗佩：《回忆文求堂主人田中庆太郎氏》，载田中壮吉编：《日中友好的先驱者："文求堂"主人田中庆太郎》，第 13 页。

2　长泽规矩也：《回忆与文求堂主人的交往》，第 109 页。

3　田中壮吉编：《日中友好的先驱者："文求堂"主人田中庆太郎·序言》，第 2 页。

4　田中壮吉编：《日中友好的先驱者："文求堂"主人田中庆太郎·序言》，第 2 页。

加紧对各类物资的管控，东京古书组合也成了统一管制的对象。翌年警视厅又颁布了更为严厉的《自肃自戒古书籍基准贩卖价格表》，并直接导致《日本古书通信》从一九四一年十月停刊到一九五七年初[1]。田中庆太郎虽年逾耳顺，还是以自己多年人脉上下疏通，得到同僚的一致肯定[2]，当选全国古书籍组合联合会会长[3]。文求堂的日常工作，则落到回国的三代目乾郎肩上。

　　熬过了最困难时期的文求堂，却在战争结束六七年后连续遭到打击。先是一九五一年，七十二岁的田中庆太郎因病去世。次年，田中乾郎也在四十二岁的壮年身亡。三子田中壮吉成长于战时，不具备汉籍版本目录学知识，不适合运营书店。最后的希望落在田中女婿增井经夫身上，但立志于中国史研究的他却决定赴金泽大学任教。

　　受战争和家庭变故的影响，一九四九年以后的《文求堂新收书目》从线装铅字排印本改成简陋的手写油印本，字迹细小歪斜，看上去窘迫不堪。苦苦支撑到一九五四年初，延续了九十多年的文求堂书店，终于不得不关门歇业。三月十五日到十六日，书店在神田

1　八木敏夫：《"日本古書通信"を廃し"読書と文献"発刊に際して》，《日本古書通信》1941 年第 146 号，第 36—38 页。《日本古書通信》停刊后，实际上以《読書と文献》为名继续出版，由八木敏夫继续担任主编，于一九四四年十二月即第 4 卷第 7 号时正式休刊。

2　一九四〇年十月二十八日，学界、业界共五十二人为田中庆太郎贺还历之寿（六十岁生日），到场的有石田幹之助、川瀬一马、反町茂雄、井上喜太郎、斎藤兼藏（二代）、斎藤英一郎等。（《文求堂主人還暦祝賀会》，《日本古書通信》1940 年第 136 号，第 27 页。）

3　《改正の眼目は? 全聯會長田中慶太郎氏しに聴く》，《読書と文献》，1942 年第 2 卷第 7 号，第 14 页。

小川町东京古书会馆举办"展观即卖会",将最后两千多部库存销售一空。沿用了三十多年的店面也转卖给天理教教会,百年老店草草落幕。

新中国成立之初管制书籍出口,日本传统的中国古书经营方法,本来就难以为继。古籍影印之后成为日本汉籍传播的主流模式。长江后浪推前浪,和同类书店比,文求堂因为老板的古道热肠而格外令人怀念。一九三三年二月十七日,郭沫若冒着春雪拜访田中家,回到市川住所后手书明信片一枚表示感谢,结尾云:

　　相对一尊酒,难浇万斛愁。

　　乍惊清貌损,顿感泪痕幽。

　　举世谁青眼,吾生憾白头。

　　人归江上路,冰雪满汀州。[1]

---

[1] 马良春、伊藤虎丸主编:《郭沫若致文求堂书简》,第273页。

尽是同文细亚人：琳琅阁书店

东京千代田区、文京区一带，可谓日本"中心之中心"：皇宫、国会、最高裁判所诸要地以外，大学、图书馆、博物馆亦云集于此。几乎每星期，我都会携友或独自去那里一次，逛得最多的，还是各式各样的古书店。日复一日地泡在大小书肆里，抚摩世界各地与中国研究相关的图书。

东京都内还有不少汉学书店，现存最老牌的，无疑就是东京大学南面的琳琅阁书店了。由于二十世纪日本频繁的地震与战争，该店曾两度被彻底摧毁，烧得片纸无存，但又两度涅槃重生，店址也因之流转变迁。最早在明治初年，还开在淡路町的琳琅阁书店，见证了日本古籍回流中国的短暂风潮，在晚清士人的各种东游日记中，经常能看到它的身影。

一

一九〇一年十一月四日，罗振玉与六位湖北学界官员一起，由上海扬帆来日本考察学政。考察团从长崎上岸，九日到达东京。罗振玉此行是有备而来，上午刚安顿好，下午他就迫不及待地"至神田区购新书数种归"。次日下午，参观完上野公园博物馆后，顺道经过文行堂书店，又"得《续高僧传》写本残卷一轴，白麻纸两面书，宋以前物也。并购旧书十余种归"[1]。东京古书店之丰富，让罗氏一连三天都流连其中，公事几乎被抛诸脑后。

十一月二十六日，他来到下谷区的琳琅阁书店访书，"该店专售古书籍，然中土古籍不甚多，非若昔者往往有秘籍矣"[2]。罗振玉口中的"昔者"，是指二十年前黎庶昌（1837—1898）、杨守敬（1839—1915）出使日本之时。当时正是明治维新的鹿鸣馆时代，在全盘西化的风潮下，彼国紧跟欧美脚步，"颇欲废汉学，故家旧藏几于论斤估值"，原本在东瀛代代相传、保存完好的汉籍，顿时被视作无用，要么"拉杂而摧烧之矣"，要么一股脑地卖给古书店[3]。

面对东京古书店里堆积如山的各种宋元明刊本，以何如璋（1838—1891）公使随员身份来日的杨守敬从一八八〇年四月开始

1 罗振玉：《扶桑两月记》，罗继祖主编：《罗振玉学术论著集》第 11 集，上海古籍出版社，2010 年，第 93—94 页。
2 罗振玉：《扶桑两月记》，第 98 页。
3 杨守敬：《日本访书志·日本访书志缘起》，谢承仁主编：《杨守敬集》第 8 册，武汉：湖北人民出版社，湖北教育出版社，1997 年，第 28 页。

趁低价大量购买。但区区一介随员，银子从何而来？有研究者发现，当时清廷派往各国的外交人员中，日本外交官的薪水普遍偏高，正使黎庶昌月薪多达一千两库平银，杨守敬虽然逊色许多，只有一百三十两，算下来也不少[1]。殷实的经济基础，无疑令杨氏如虎添翼。

最开始，杨守敬茫然无津涯，不知如何辨别书之优劣。他深知"工欲善其事，必先利其器"的道理，先花重价买了一本涩江全善、森立之等日本学者撰写的《经籍访古志》（据说还是偷抄本，错字不少），拿着它按图索骥，"乃日游市上，凡板已毁坏者皆购之，不一年遂有三万余卷"[2]。对于那些无法直接购买的古籍，他就利用日本人对于书道之嗜好，采取更原始的以物易物方式，来之前准备了不少拓片，"所携古金石文字，乃多日本所未见者，彼此交易"[3]。古今中外聚书之速、所费之廉，无过于杨守敬者。

一八八四年，他与第二届驻日大使黎庶昌合作，挑选日本现存中国失传或罕见之书，加以校勘，刻成《古逸丛书》二百卷。此套丛书由当时日本刻工家族木村嘉平的第四代传人雕版，选用日本最上乘的美浓纸印刷，连日本人也争相"以重值购藏"[4]。

乾隆、嘉庆年间，日本人林述斋（1768—1841）辑有《佚存丛书》，收中国本土已失传日本独存之书十六种，传回中土后受到清儒重视。《古逸丛书》的出版在中国国内士大夫阶层中更是引发轰动，既有

1　王宝平：《清季寓日中国人刻书考述》，《文献》2011 年第 4 期，第 95 页。
2　杨守敬：《日本访书志·日本访书志缘起》，第 27 页。
3　杨守敬：《日本访书志·序》，《杨守敬集》第 8 册，第 25 页。
4　叶德辉：《郎园读书志》卷二《论语集解十卷》，第 68 页。

潘祖荫、李鸿裔"惊叹欲绝,谓宋以来所未有"[1],叶昌炽"摹勒精审,
毫发不爽。初印皆用日本皮纸,洁白如玉,墨如点漆,醉心悦目"[2],
以及陈矩"收访之勤,刊刻之精,纸墨之良,刷印之善,无美不备,
宜海内有洛阳纸贵之誉也"[3]这样的溢美之词,也有非常负面的评价。

诸恶评者中,数藏书家叶德辉火力最猛。作为湖南乃至全国最
重要的版本目录学家之一,他指责《古逸丛书》"不免师心自用、英
雄欺人之病",比如其中所收的《太平寰宇记》就"实出伪撰",猛
烈攻击杨守敬本人"本以贩鬻射利为事,故所刻《留真谱》及所著
《日本访书志》,大都原翻杂出,鱼目混珠","貌为好古之人,而实
为孳孳为利,吾断其所著所刻书不足信今而传后矣"[4],"日从旧书堆
中讨生活,乃漫不加察,信口品题,亦何可笑之至耶"[5],攻势相当
凌厉。

回国后杨守敬名利双收,继续搜购古籍。恰好当时叶德辉将所
得南宋本、陈田夫的《南岳总胜集》刊刻,"以日本茧纸印十许部"
出售,由于永州良匠艾作霖的雕工精良,无良书商将此书的叶德辉
序去掉,冒充宋本兜售。杨守敬信以为真,花高价买下,喜出望外
地告知好友缪荃孙。缪见后哈哈大笑,"杨殊惊诧,缪述其为余刻,

1 杨守敬:《邻苏老人年谱》,谢承仁主编:《杨守敬集》第1册,第18页。
2 叶昌炽:《藏书纪事诗》卷七《黎庶昌莼斋》,上海古籍出版社,1989年,第709页。
3 陈矩:《灵峰草堂集·东游文稿·记遵义黎莼斋先生刊古逸丛书》,清光绪年间刻本,
   叶15b。
4 叶德辉:《书林清话》卷九《乾嘉人刻丛书之优劣》、卷十《日本宋刻书不可据》《近
   人藏书侈宋刻之陋》,北京:中华书局,1957年,第252、269—270页。
5 叶德辉:《郎园读书志》卷五《墨子十五卷》,第224页。

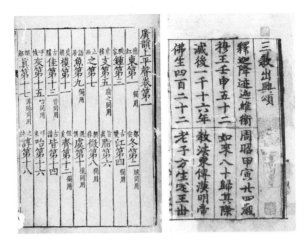

宋刻本《广韵》（左），日本五山版《三教出兴颂》（右），杨守敬购自日本书

始懊恨而去"。叶德辉得知此事后，在书跋中特记一笔，并幸灾乐祸地评价道："杨每以旧刻伪充宋本售人，此次乃竟为书估所给矣……杨固素精版本学者，老娘倒绷，闻者无不开颜。因记于此以资后人挥麈云。"[1]

另一位湖南人陈运溶（1858—1918）著《太平寰宇记辨伪》，逐条辨析杨守敬在《古逸丛书》中所收的所谓宋本《太平寰宇记》，认为它是杂抄其他书籍而成，"而杨氏不察，遂信为真宋椠本"[2]。叶、陈的指控有失偏颇，但据今人的研究，《古逸丛书》确实存在一定的篡改原文、以非宋本充宋本、以国内藏书充日本藏书的现象——

1　叶德辉：《郋园读书志》卷四《南岳总胜集三卷》，第 168 页。
2　陈运溶辑撰：《麓山精舍丛书》第 1 集《辑佚类·太平寰宇记辨伪六卷》，长沙：岳麓书社，2009 年，第 141 页。

既不全"古"，亦不全"逸"[1]。

同声相应，同气相求，杨守敬在日本搜书期间，认识了同样热衷古籍的日本汉学家，包括《经籍访古志》的作者之一森立之（1807—1885）。森氏为江户人，字立夫，号枳园，以精通医学闻名，著有《素问考证》《本草经考注》《伤寒要论考注》等，精通版本学。黎庶昌曾评价："日本森君立之，笃信好学，喜聚抄本古书，点勘征订，自少至老，卷常在手。迹其生平事业，若隐若仕，界于医儒之间。"[2]可谓与杨守敬不相上下的书痴。一八八三年重阳节，黎庶昌在上野精养轩宴请日本人士，酒酣耳热，森氏赋汉诗一首：

> 垂老何如好宿因，重阳今日醉清醇。
>
> 休吟他席他乡句，尽是同文细亚人。[3]

据森立之、杨守敬的笔谈记载，辛巳年（1881）八月二日杨守敬"以柀斋宋板《荀子》影抄本见示焉，云今日于琳琅阁购得之"[4]。狩谷望之（1775—1835）本姓高桥，后改姓狩谷，号柀斋、六汉老人等，又称三右卫门，江户时代的汉学家。他擅长考证，凡小学、明律、度量衡、钱币等无不精通，藏书亦颇丰。杨守敬曾言近世日本藏书

1　马月华：《〈古逸丛书〉研究》，北京大学出版社，2015 年，第 129—189 页。

2　黎庶昌：《拙尊园丛稿》卷八《书森君立之寿臧碑后》，黎铎、龙先绪点校：《黎庶昌全集》第 1 册，上海古籍出版社，2015 年，第 268 页。

3　《癸未九月九日黎公会文友数辈于楼头寓登高之意余亦侍宴》，黎铎、龙先绪点校：《黎庶昌全集》第 5 册，第 3300 页。

4　陈捷整理：《清客笔话》，《杨守敬集》第 13 册，第 534 页。

界"狩谷望之求古楼为最富，虽其枫山官库、昌平官学所储亦不及也"[1]。值得一提的是，狩谷正是森立之的老师，不知当天看到这部杨倞注本《荀子》的森氏作何感想？

此书原为淳熙八年（1181）唐仲友在台州知府任上时所刻，字大行疏，异常精美。刻成之后，唐氏将其广赠同僚，包括当时也在浙东任官的朱熹。但朱熹收到此书后认为唐仲友擅用公款，以官钱开雕书板，还强行催租，鱼肉百姓，故连上六章弹劾之。唐氏黯然辞官，再未出仕。

对于这桩学林公案，《宋元学案》评价唐仲友"简傲或有之。晦翁亦素多卞急，两贤相厄，以致参辰，不足为先生概其一生"[2]，将之归结为两人的性格冲突，可谓公允。黎庶昌也认为，"仲友虽为朱子所劾，而此书校刻实精"[3]。杨守敬后来又购得岛田重礼影抄本《荀子》，以之为底本收入《古逸丛书》。

以杨氏的购书风格推测，他那一次在琳琅阁买的书，绝对不止《荀子》这一种。据《日本访书志》，狩谷求古楼旧藏入杨氏手者，还有抄本《周易正义》《贞观政要》以及元刊本《大广益会玉篇》等[4]。这样疯狂购书的结果是什么呢？用杨守敬自己的话说："余之初来也，书肆于旧板尚不甚珍重，及余购求不已，其国之好事者遂亦

1　杨守敬：《日本访书志·日本访书志缘起》，第 28 页。
2　黄宗羲原著，全祖望修补：《宋元学案》卷六〇《说斋学案》，北京：中华书局，1986 年，第 1954 页。
3　黎庶昌：《刻古逸丛书序·影宋台州本荀子二十卷》，载《古逸丛书》上册，扬州：江苏广陵古籍印刻社，1990 年，第 3 页。
4　杨守敬：《日本访书志》卷一、卷三、卷五，第 38、85、138 页。

往往出重值而争之。于是旧本日稀，书估得一嘉靖本亦视为秘笈，而余力竭矣。"[1]

二

　　一年疯狂购书三万册、"一时都市为之一空"的杨守敬，不仅抬高了全东京的汉籍价位，使中国古书由无人问津转为炙手可热，还助长了明治新贵阶层好古的新风尚。不少东京古书店主回忆，一八八四年五月杨氏回国后，井上馨侯爵（1836—1915）、三菱创始人岩崎弥之助、东大教授和田维四郎（1856—1920）等政、商、学界大人物纷纷入场，穿着西装、坐着人力车来到古书店，一掷千金。清国外交官再想以低价买宋元善本书，再也没那么容易了。

　　古书店变成了战场，琳琅阁是双方拉锯的主要阵地之一。内藤湖南写有《续论书十二首》，其中第三首云："南朝礼学要穷源，皇郑传承师法尊。疏义赖存梁代写，保残功仰岛南村。"细读诗后释语，竟是一八九〇年清朝与日本顾客围绕一轴抄本暗地交战的记录：

　　　　《礼记子本疏义》残卷，梁皇侃[2]原撰，陈郑灼写录，彼土久

1　杨守敬：《日本访书志·日本访书志缘起》，第28页。
2　皇侃（488—545），吴郡人，青州刺史皇象九世孙，南朝梁经学家。精通"三礼"及《孝经》《论语》，曾任国子监助教、散骑员外郎，著有《论语义疏》《礼记义疏》《孝经义疏》等。《礼记义疏》至宋元时散佚，但今人对《礼记子本义疏》的研究表明，唐代官方教材、孔颖达《礼记正义》承袭皇侃处甚多。

佚。明治廿三年，东京书肆琳琅阁获其残卷，将以售清国游历官某，岛田南村翁闻之，急说田中青山伯购之，青山后以寄捐早稻田大学。此书从前鉴赏家以为宁乐朝写本，罗叔言[1]考其纸质书体，断为六朝人写，谓或即灼所手书，详于罗氏本书跋。[2]

此卷原由日本奈良法隆寺传藏，明治初年被僧人偷出卖掉，接下来有了内藤所描述的这一幕。"清国游历官某"，应该就是黎庶昌，当时他回国三年后再度赴日，重新担任驻日公使直至一八九一年正月二日，而此时杨守敬已不在日本。"田中青山伯"是明治元老、第一代内阁书记官长田中光显（1843—1939）。"岛田南村翁"是佛学者岛田蕃根（1827—1907），号南村，编有《大日本校订大藏经》。

岛田蕃根与杨守敬的私交很好，曾为后者的访书活动出力，但面对《礼记子本疏义》时，却一反常态，"急说田中青山伯购之"，清朝公使馆人员措手不及。田中光显半路杀出，以一百日元的高价将该抄本席卷而去后，八位清朝外交官来到琳琅阁书店讨要说法，在店里大发脾气，老板斋藤"颇为为难"[3]。很有可能琳琅阁已经答应卖给黎庶昌，后来反悔，引发清朝外交官的强烈不满。

此抄本是《礼记》的第五十九卷，《丧服小记》之一半，由于保存了六朝写经的原貌，后来被日本政府鉴定为"国宝"。书志学

1　案，即罗振玉。
2　内藤湖南：《湖南诗存·续论书十二首》，印晓峰点校：《内藤湖南汉诗文集》，桂林：广西师范大学出版社，2009年，第72页。
3　岛田蕃根致田中光显书简，转引自陈捷：《明治前期日中学术交流的研究》，第332页。

旧钞本《礼记子本疏义》卷首，早稻田大学图书馆藏

家岛田翰鉴定道："是书首张前半文字蠹蚀剥落不可辨……其纸质则似麻笺而阙黄润，字样虽雄伟，而眉间乏老苍之气，与此间所传唐人真迹自有径庭矣。"虽然否定了它是唐代写本，还是盛赞其"笔力沉着，字体谨严，波撇之末咸有法度，妙妙不可思议，非学唐人者决所不能"[1]。

在这段文字的末尾，岛田翰有几分动情地写道，很多中国文物流传到日本后，反而在其本土寥寥希传，甚至散亡，难道日本人不该因此加倍珍稀这些中国文物吗？"其既佚彼而见存此，我不可以使重佚之。况于六朝名人诸说仅藉此以存，则是旷代之奇书，是亦

1　岛田翰：《古文旧书考》卷一《礼记子本义疏卷第五十九》，上海古籍出版社，2014 年，第 26 页。

忍归湮灭哉？"[1] 当时可能就是类似的话，打动了田中这位副首相级别的高官。

可见在一八九〇年代，日本学者对于汉籍外流已非常敏感，一旦发现中国人要买，就会想尽办法加以狙击、阻挠。这就是为什么等罗振玉来时，琳琅阁有些古籍的价格已经高到令人咋舌了。

尽管如此，一九〇一年十一月二十六日那天，罗还是斩获了南朝梁李逻注《千字文》一册、《史记·河渠书》卷子本半卷、《欧阳文忠集》一部，只是当晚回旅店灯下观书时，竟发现《千字文》实系伪书，"曩于《日本图经》中见此书名，颇意为秘籍，今乃知是伪作，可发一噱"[2]。后来他因为公事倥偬无暇购书，过了二十天后，才又挤出时间杀回琳琅阁：

> 因日曜日停校，故不能阅看学堂。至琳琅阁购得《梵唐千字文》（僧义净撰）、《景宋本三因方》、《祖庭事院》、《食医心镜》（唐昝殷撰）、《景元本儒门事亲》、《景宋本本事方后集》、《济生续方》、《唐六典》数种，并为中国难得之书。[3]

这批购自琳琅阁的书籍，当年十二月底被带往中国。十年后辛

---

1 岛田翰：《古文旧书考》卷一《礼记子本义疏卷第五十九》，第 26—27 页。

2 罗振玉：《扶桑两月记》，第 98 页。

3 罗振玉：《扶桑两月记》，第 108 页。根据《宋史》卷二〇七《志·艺文六》（北京：中华书局，1985 年，第 5314 页），《食医心镜》应为《食医心鉴》，可能是现代本整理者误将"鑑"看作"镜"字。

亥革命爆发，清帝逊位，一夜间变成"前清遗老"的罗振玉应内藤湖南、狩野直喜、富冈铁斋等京都大学教授之邀再次东渡，其藏书、古董、碑帖亦全部装箱随行。殷墟甲骨等文物到了日本后开箱一看，很多已经碎成了粉末。

为避免更大损失，一九一一年十二月底刚到京都时，罗振玉将藏书暂存京都帝国大学附属图书馆。由该馆现存《罗氏藏书目录》可见，得自琳琅阁的日本刻本、抄本基本都包括在内[1]。一九一三年，罗氏在京都净土寺町建成宅邸后，方从京大图书馆取回藏书置于其中，名之为"大云书库"。

罗振玉去世后，两个儿子根据父亲遗稿编成《大云书库藏书题识》。由此书所收的题跋可见，"东京琳琅阁得之"的有《岭南卫生方》《神器谱》《翻译名义》三种，还有几部仅记载"光绪辛丑得之东京"甚至未言来源者，稍与《扶桑两月记》相比对，明显就是一九〇一年十二月在琳琅阁买的那批书，包括日本德川宗熙校刻本《唐六典》、日本旧抄本《食医心鉴》、日本旧写本《影元本儒门事亲》、日本森氏藏影宋本《三因极一病证方论》、日本文政壬午刻本《严氏济生续方》及日本旧刻本《梵唐千字文》等。它们十年间两度桴海，绕了一大圈，又回到了日本。

罗振玉看重琳琅阁的原因，就是这家东京古书店"多有中国难得之书"。这一口碑在晚清士大夫中广泛流传，几乎每位官员来

1　罗振玉、王国维编：《罗氏藏书目录》上册《子部·医家类》《子部·释道类》《集部·别集类》，下册《抄本书目·子部》，影印原稿本，北京大学出版社，2015年，上册第243、244、283、306页，下册第197、198、201页。

日本公干时，都必到此寻书。罗振玉回国后，还有缪荃孙、徐世昌
一九〇三年正月底的来访[1]。缪氏来了两次，前后购得明洪武本《理
学类传》、弘治本《黄山谷全集》、旧抄本《续资治通鉴》等，盛赞
东京旧书店"以下谷区仲之池町琳琅阁为最"，同行的徐氏也买下
宋本刘克庄《千家诗选》残本[2]。罗氏之前，有后来成为伪满洲国总
理的郑孝胥（1860—1938）一八九一年九月十二日的到访：

> 午后，受合音。秋槎邀同至上野观雕工会，遂过琳琅阁书坊，
> 余买得《资治通鉴》一部，《宋诗钞》一部，《刘后村诗》一部，《物
> 茂卿集》一部，共洋十六元，为书二百本。入夜，送来者店伙名
> 今平福丸，其主人名斋藤兼藏。福丸取笔书曰："公使交替后，入
> 署始于今日，旧与陈衡山甚习"云。陈，前随员也。[3]

文中提到的陈衡山（1850—1939），名陈矩，字衡山，贵阳人，曾
在清史馆工作，是黎庶昌的另一名随员。陈氏一八九九年年初来
日，年底便回国，短时间内"获其国金石遗文至四千余种，遗书百
余卷，宋元椠本书二百余卷，古近著述未刊行者五百余卷"[4]，将其

1　缪荃孙：《艺风老人日记·癸卯日记》，张廷银、朱玉麒主编：《缪荃孙全集 日记2》，
　　第221页。

2　缪荃孙：《艺风堂集续集·外集·日本访书记》，张廷银、朱玉麒主编：《缪荃孙全
　　集 诗文1》，第444页。

3　中国历史博物馆编，劳德祖整理：《郑孝胥日记·辛卯东行记》，北京：中华书局，
　　1993年，第239页。

4　赵藩：《序》，载陈矩编纂：《灵峰草堂丛书·悟兰吟》，清光绪年间刻本，叶1b。

中的李昉、李至《二李唱和集》及王通《中说》两种在日刊刻出版。在后者的序言里，陈衡山自述道："余喜读《中说》而苦无善本，今偶于日本书肆得宋本阮逸注十卷，字画古雅，幸惬夙怀。因重镌以饷嗜古君子。"[1] 从福丸给郑孝胥的字条推测，此书肆可能就是琳琅阁[2]。

　　十年前郑孝胥所购，大多为常见的四部要籍，且皆为全本；罗氏所得虽是残卷，但版本学价值却远超全本，高丽本《东国通鉴》亦入其法眼，可惜书商"索百五十圆，力不能支，为之太息"[3]。从一八九一年郑氏十六元可够两百册书，到一九〇九年罗氏一百五十元只够买一套，虽然这种比较未考虑到物价因素并不严谨，但二十年间东京古书价格的飞涨可见一斑。

三

　　日本古书店的传承，最常见的是父业子继，若不幸出现无人继承的情况，则退而求其次，由入赘女婿（一般是养子）顶上，此为其大概。琳琅阁书店的一代目名为斋藤兼藏（1850—1907），二代目还是叫斋藤兼藏（1882—1957）。为加以区别，姑且将他们称为

1　陈矩：《灵峰草堂集·东游文稿·影印宋本中说序》，叶 4a。

2　陈矩的购书记录，皆未明言来自东京哪家书肆，因而此推测无法完全坐实。另一个不太有力的旁证是，光绪戊子年（1888），陈矩还曾在"东京上野书肆"购得一佛像，"书贾初不知贵，以钱数千取之"（《灵峰草堂集·东游文稿·黔灵山藏塔记》，叶 18a）。而琳琅阁书店当时恰好位于上野。

3　罗振玉：《扶桑再游记》，罗继祖主编：《罗振玉学术论著集》第 11 集，第 139 页。

一代斋藤、二代斋藤。

嘉永三年（1850），一代斋藤出生于越前国鲭江藩川岛村的一户农家，今天日本中部福井县境内，是家中次子。他出生时正值幕府末年，两百多年的锁国体制解纽，政局动荡不安。十五岁那年，一个谣言传遍了全村：水户藩志士武田耕云斋（1803—1865）所率之"天狗党"，即将在上京途中攻打鲭江藩。村民们急忙修筑防御工事，并翻出家中锈蚀斑斑的枪械，每日攘臂操练、喊打喊杀，整个村子如临大敌。

为躲避战乱，同时为了谋生，未成年的一代斋藤背井离乡，孤身前往京都闯荡。首善之区此时也不安全：攘夷派与开国派围绕天皇激烈斗争，常有人被政敌当街砍杀。为了讨生活，一代斋藤去大户人家做童工，主人彬彬好文，常去文求堂书店买书，与店老板田中治兵卫熟稔。三年后幕府失势，末代将军德川庆喜（1837—1913）将大政奉还天皇，随后日本迁都，主人也跟新政府转去东京当法官，却不愿带上瘦弱的一代斋藤。

一代斋藤此后辗转各家，在维新头几年的兵荒马乱中辛苦谋生。根据大正六年（1917）版《大日本人名辞典》的条目记载，一八六九年一代斋藤现身北海道的函馆，为幕府军作战，结果被官军打得一败涂地。为了躲避抓捕，他一路向北逃亡，和著名探险家、《北虾夷新志》作者冈本文平（1839—1904，又名监辅）一起坐船到库页岛，在那里待了一年多。

很多年之后，在琳琅阁学徒工面前，一代斋藤会回忆起那个靠近北极圈的狭长岛屿。"桦太的鱼类真是多啊，"他感叹道，

"只要凿开冰面，就会有鱼不断地从里面蹦出来。"[1]又经过七八年的漂泊，明治政府颁布赦免令，他落脚东京，娶妻生子，和大舅子河井岩五郎合伙做起了古书生意。

据榎一雄（1913—1989）说，一代斋藤实际上是个目不识丁的文盲，以至于后来当了老板后，连收据都不会自己写，只能由手下人代劳[2]。这样的人居然选择进军古书业，实在有些令人匪夷所思。

一代斋藤最初从事的是古书业最底层、名为"竞买（セドリ）"的工作：每天早上带一个大布袋出门，在东京的大街小巷穿梭，梳篦般地从小古书店揽入书籍，统一卖给规模较大的古书店，以此赚取差价。"竞买"乍看与收破烂无异，性质则类似赌博，要求从业者对古书价格极其敏感，眼疾手快且不避寒暑。在库页岛锻炼出了一副强健体魄的一代斋藤精力充沛，是其中的佼佼者，他很快就积累了资本，开出了自己的店面。

明治八年（1875），在家中短暂试营业后，琳琅阁书店创办于淡路町，这是东京上野和神田间的交通要道，人流量大，比今天的东京神保町古书街还要热闹。店名是当时东京都知事大久保一翁（1818—1888）所取，取清帝乾隆专藏宋元善本的"天禄琳琅"室之意。杨守敬来日本时，琳琅阁书店其实仅开张五年而已，老板虽然善于

1　斋藤兼藏：《初代琳琅閣主人とその周辺》，载反町茂雄编：《紙魚の昔がたり明治·大正篇》，东京：八木书店，1990 年，第 112 页。

2　一雄：《德富氏の蒐書》，《汲古》1962 年创刊号，第 5 页。但古书业同行、弘文庄书店主人反町茂雄则反驳榎氏，认为这种"目不识丁"的说法夸张了，斋藤兼藏记忆力惊人，是古书业天才式的人物。见氏著《一古書肆の思い出 3：古典籍の奔流横溢》，东京：平凡社，1998 年，第 210 页。

搜罗，但毕竟不识字，定价方面可能还不太在行，恰好给了杨氏机会。

到了一八八〇年代末期，受益于明治政府的"文明开化"政策，书店生意红火。随着教育的普及，识字率的提高，日本国内在鲸吞海吸西学的同时，对传统汉籍的需求也高涨，一度出现了短暂的"汉学热"。东京凤文馆的《佩文韵府》《资治通鉴》《康熙字典》，东京印刷会社的《前后汉书》《战国策》，大阪报国堂的《史记评林》《左传校本》等书，都是那时的畅销品，它们不断被重印，涌入寻常百姓家。

江户遗风犹未坠，森立之、寺田弘、西村兼文等日本汉学者，都是店里常客。那是一个日本学者以与中国学者来往为荣的时代，新版的各种诗集、文集里，经常刊载中国学者的评语，以及两国文人的唱和之作。比如明治十二年(1879)关义臣编纂的《经史论存》上，评点人就有何如璋、廖锡恩、王治本、黄遵宪等晚清士大夫。同年上海著名报人王韬(1828—1897)游历扶桑时，特地为书店题写了"琳琅满堂"四字匾额，后来在关东大地震中被烧毁[1]。

明治二十二年（1889）年七月，横贯日本的铁道东海线开通。在此以前，东京的古书市场上还只有"洒落本"等通俗读物，如井

1　斋藤兼藏：《初代琳琅阁主人とその周辺》，第 124 页。案，王韬于一八七九年闰三月十一日抵达长崎，七月十二日离开日本，其东游日记中并无到访琳琅阁的记录（王韬：《漫游随录·扶桑游记》，长沙：湖南人民出版社，1982 年，第 179—309 页），可能仅是受托题字而已。王韬游日期间行程紧凑，所见多大人物，未记此小事，也在情理之中。

原西鹤的《好色一代男》、曲亭马琴《南总里见八犬传》之类，善本古籍寥寥。在此之后，得益于便捷的交通，京都和奈良的古钞本、春日版、五山版、活字版和刻本、古俳书等等，各类西京文物源源不断地流入新都。

通铁路之后，一代斋藤每年都要去关西地区进货。当时日本还没有国宝、文化财登记制度，即使在古寺名刹里，和尚们也可以自由贩卖古籍。凭借出色的货源，琳琅阁吸引了不少东京新贵阶层，原来简陋的店面显得有几分寒碜。于是一代斋藤把店面迁至仲町二十二番地的池之端，建起两层气派新楼，除经营古籍外，也兼售书画和古董。它们被主人秘藏于二楼里侧，不轻易示人，只有田中光显、朝吹英二（1849—1918）、三浦梧楼（1847—1926）等少数精英才有资格入内。

二代斋藤在那个时候来到琳琅阁。"我十二岁时初到店里时，对主人的第一印象就是：真是个挑剔的人啊。"一代斋藤脾气暴躁，对店员业务能力的要求苛刻，"客人来寻书时，必须马上帮他们找到，稍微多花了点时间，就会被大声训斥，严重时还会被打"，店里基本没有人能干得长久，往往过几年就另寻他处了。出于对古书的喜爱，二代斋藤忍受了下来，尽管"有时候被骂得实在太惨，我都是哭着入睡的"[1]。

一九〇六年，一代斋藤的独子、一直主管店中财务的斋藤兼二去世，次年，一代自己也病故于明治医院，死前还在嚷嚷，出

---

1 斋藤兼藏：《初代琳琅阁主人とその周边》，第 143 页。

院后就要把文求堂的珍本《西清砚谱》给买下来。因为男丁不继，二十五岁的二代斋藤作为女婿顶上，并袭名"斋藤兼藏"。

两代斋藤的经营风格迥异。一代斋藤倾向于服务权贵，他将求古楼旧藏宋版《论衡》残卷卖给贵族院副议长细川润次郎（1834—1923）；除了前文提到的《礼记子本义疏》外，还将河合元昇的畅春堂旧藏宋版《寒山诗集》卖给田中光显。另据其侄子斋藤英一郎回忆，叔叔在店里总是穿着简朴，显要客人来了亲自迎到店门口，低头哈腰，延入上座；但出门时，又"换上一流的衣服，坐着人力车，仪表堂堂"[1]。

二代斋藤要低调得多，且更多地服务于学者。他接手琳琅阁后不久，就大刀阔斧地进行改革，将古董、书画全部拍卖一空，专心做古书。此举虽然流失了不少老顾客，但也得到学界广泛认可。一九五二年，在二代斋藤的古稀纪念会上，已经照顾琳琅阁生意一个多甲子的德富苏峰（1863—1957）来信祝贺，谈到了两代店主的差别：

> 琳琅阁书店与我，已是两代人的交情。一代为人奇恣纵横，二代为人稳重平直。二代之古书鉴别力，尤令同侪敬畏。今日诸君欲为之贺古稀之寿，以一言有求与予。静而思之，二代于店中捆包书籍，往来于青山草堂（案德富苏峰书房名）之时，尚是明治末年。彼时君乃面白之少年，予犹不惑之壮夫。人生如幻如电，

1　斋藤英一郎：《叔父の思い出》，载反町茂雄编：《纸鱼の昔がたり明治·大正篇》，第 172 页。

顷刻间予距满百之龄，亦仅隔十岁矣！现一切妄念俱消，唯书册之爱不减，年齿增添，更趋酽厚。呜呼，予负琳琅阁二主人之处岂少哉？但聊陈芜言而已。[1]

　　苏峰是有名的"爱书家"。他十五岁就开始为报刊撰稿，参与自由民权运动，所著《自由、道德及儒教主义》《将来之日本》等书引发思想界巨大反响，后游历中国，著有《中国漫游记》《七十八日游记》等。但他之后思想右转，为对外扩张摇唇鼓舌，战后被褫夺公职。晚年苏峰退守成篑堂，专心稽古。

　　榎一雄曾研究过德富苏峰的购书收据，发现来自琳琅阁的最多，有明万历活字本《太平御览》、浅野梅堂旧藏宋版《古尊宿语录》、旧刊本《五部大乘经》等[2]。其次则是浅仓屋、文行堂、文求堂、村口书店等近三十家古书店[3]。

　　如高山寺旧藏宋刊本《庐山记》五卷，其中两卷为原刊，三卷为钞配，是成篑堂的镇库之宝。一九〇五年八月十七日那天，这部书连封皮都没有，破烂不堪地摆在琳琅阁待售。苏峰仅花五日元将其购入，"归来细阅，全书以蝴蝶装连缀，尚存旧钞本之面目。其文字精健挺拔，全无俗气，暗得几分颜欧笔意。与予旧藏之宋椠《华严经》相较，其弩张之气少逊，而清雅则远胜焉……亲督装裱师重

1　斋藤兼藏：《蘇峰先生の思い出》，《日本古書通信》1957 年第 164 号，第 5 页。

2　斋藤兼藏：《蘇峰先生の思い出》，第 5 页。

3　榎一雄：《德富氏の蒐書》，《汲古》1962 年创刊号，第 5—8 页。

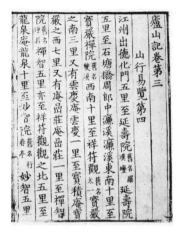

宋刻本《庐山记》，德富苏峰购自琳琅阁

新补缮，遂面目一新，宋椠之真价始显"[1]。罗振玉见之也大呼为奇书，将之影印收入《吉石盦丛书》。

四

德川幕府时期，江户城里就流传"不留隔夜钱"这样一句俗话。因为此地人员辐辏，商业繁荣，只要勤劳工作，填饱肚子不是什么难事。但日式房屋又全是木质结构，一旦发生战争、地震或火灾，

1　德富猪一郎：《蘇峰自伝》，东京：中央公论社，1935年，第624页。案，这部《庐山记》今归御茶之水图书馆。（严绍璗：《日藏汉籍善本书录·史部·地理类》，北京：中华书局，2007年，第630页。）苏峰本名德富猪一郎，此书同时记载，《虚堂录》四册亦是该年十月五日以十日元购于琳琅阁书店，除了半卷为宋咸淳五年（1269）刻本外，其他都是写本补配，书上有一休和尚之手泽，版本叙述与二代斋藤所说有出入，姑且两存之。

一生所积，顷刻间就全部化为乌有。既然钱来得快去得快，何不今朝有酒今朝醉？

　　二十世纪的日本总计有两大书厄：关东大地震和太平洋战争。二代斋藤接手书店后，不幸全部赶上。一九二三年九月的地震中，大火烧毁了神田区的浅仓屋、文行堂、村口书房等古书店，十多位古书业者葬身火海。琳琅阁未能幸免，几年后一位中国游客来上野寻书，有"书棚行过琳琅阁，香色犹堪动古魂。惜我来迟廿年后，宋元秘椠已无存"之叹[1]。

　　火灾过后，古书市场却出人意料地再度繁荣起来。一方面，损失惨重的各公立图书馆、私人文库急需补充新书；另一方面，随之而来的经济大萧条促使很多私人藏书回流到市场。在这次全国性的大洗牌中，琳琅阁把握时机，渐渐恢复元气。

　　更大的劫难在一九四五年三月十二日，盟军飞机空袭东京，投下成吨的燃烧弹，大半个城市化作焦土。琳琅阁半个多世纪的苦心积累被大火烧得干干净净。一筹莫展之际，文求堂主人田中庆太郎向二代斋藤伸出援手。"我那时因为战争灾难烧得一无所有，正想在本乡弓町暂时的住处继续营业的时候，田中先生将多年珍藏的汉籍送来，并说价钱多少都可以，不用担心，使我领受了他一番好意。"[2]

　　因为田中的慷慨支援，二代斋藤在东京帝国大学赤门附近找到

1　姚鹏图：《扶桑百八吟》，《华国》1926年第3卷第1期，第10页。
2　斋藤兼藏：《回忆田中先生》，载钱婉约、宋炎辑译：《日本学人中国访书记》，第124页。

新的店面。自此以后"琳琅阁"三字，就深深地烙刻在东大诸位文史学者的回忆文章中了。毕业于东京帝国大学文学部支那文学科的长泽规矩也，素以精通和汉版本目录学知名，一九五八年二代斋藤逝世不久，他发表了《琳琅阁主人与我》一文，将自己与两代店主的缘分娓娓道来，兹节译如下：

> 我第一次拜访琳琅阁，去的是池之端仲町的店面。祖父带着我，沿着今天的电车线路走进了一家规模相当大的古书店。只是当时我对于古书，自然是没有半点兴趣的，店主、店员怎么样，也统统记不得了。
>
> 中学时，从江户川乘东京电铁，和祖父去神田或本乡都很方便。当时和汉古书店虽多，但祖父心中自有品评，从不会去那些昂贵庸俗、自视清高的书店。在本乡一带，他比较喜爱的是已经搬迁到赤门前的琳琅阁书店、菊坂的井上书店和之前经常去的中善书店。如果去了中善书店，便一定会到集古书房和本吉书店看看，一般不会去永森书店。浅仓屋在通道边设立分店后，偶尔也去那里。
>
> 祖父告诉我，中善老板人虽好，但书实在是不够多。至于琳琅阁呢，不光老板人好，书还特别多，在那买书是最好的。我读到中学四年级时，才养成了一个人去琳琅阁买书的习惯。正因为这样，琳琅阁也可以算作我的"启蒙书店"吧。这么一想，斋藤老板和我的缘分还真不浅。那差不多是大正七年的时候。

　　当时我重点收集的书，是江户时期拟古文[1]作家的文集。祖父曾告诉我：国文[2]是女流之辈学的，男子汉就应该读汉文书。但是当时第一高等学校入学考试要考拟古文，而且偶尔还会考教科书上没出现过的篇目。正因为这样，我从琳琅阁买回来书后就自己开始读，并将问题摘录在卡片上。对于讨厌拟古文的祖父，当然不能让他知道我买了这些。就这样，我在琳琅阁前后花掉了不少钱。当时祖父买书有个标准，就是一册诗文集不能超过一日元，否则就是奢侈。我也有样学样，大抵来说，一册拟古文集刻本价格必须控制在二三十日元以内。对于还是中学生的我，斋藤老板又是教导，又是帮忙找书，此情义至今难忘。多亏了老板，我后来在一高入学考试中，国文得了将近满分。

　　进了一高后，我决心专攻中国学，开始购买汉籍了。那时我还不知道，祖父虽然搜集了很多日本人的诗文集，但正宗的汉籍却几乎是不买的。

　　除了汉籍之外，我也搜集江户以及武藏的地志。因为当时我已经当选一高史谈会的干事，常带会员前往附近的古迹，这些书可以作为参考。

　　琳琅阁离一高很近，店里空间很大，有时在找某本书的时候，老板会把更好的书介绍给我。虽然江户地志类的书不是老板的专长，但他对相关书籍也很有了解，会将自己入手的书便宜卖给我，

1　拟古文是江户中期日本国学者用平安时代语法书写的一种书面文体，又称"雅文"，与日常所用的"俗文"相对。
2　日本人将用日语书写的文章称为"国文"。

未入手但觉得我可能需要的，也会告诉我是被谁买走了，可以去打听一下。所有的书，都不会比实际价值高太多。但当时一些国汉学者来店里的时候，老板却不会主动向我介绍，后来想想，应该是担心打扰到他们吧。

后来我去了东大，还是经常去店里。江田君好像也常泡在里面，他后来成为名古屋其中堂书店的老版，不过现在已经转业了。学校停课时，年长的旁听生就邀请我和他们一起去书店。比起听宇野教授[1]爆满的中国哲学史课，有时还是听琳琅阁主人的神侃比较有收获。实际上，我很多知识就是从斋藤老板那里学的。其中包括某先生在谈话中说过某本书应该怎么用，还有市村博士[2]的读书方法等等。甚至一些已作古的老先生的治学金针，他都无偿度与我了。关东大地震后，比起去临时木板房里上课，听琳琅阁主人以及来店里诸先生的谈话要有趣得多。我默默地听着，先生们回家后，老板偶尔会向我介绍刚才来的是哪位。那个时候，出入

1　宇野哲人（1875—1974），日本东洋学的开拓者之一，出生于熊本县，一九〇〇年毕业于东京帝国大学，曾留学北京，历任东京帝国大学教授、东方文化学院院长、实践女子大学校长等。专攻中国哲学史，著有《二程子的哲学》《中国哲学研究》《论语新译》，编有《新汉和大辞典》等。

2　市村瓒次郎（1864—1947），字圭卿，号器堂、筑波山人、月波散人，一八八七年毕业于东京帝国大学古典汉书科，次年赴学习院任教，一八九八年任东京帝国大学文科大学助教授，一九〇五年晋升教授，与白鸟库吉搭档，奠定东京帝国大学东洋史学基础。著有《东洋史要》《东洋史统》《孟子讲话》等。

店里最多的好像是市村博士和三宅省太郎[1]。市村博士从大学回家的途中，必定顺路来店里看看，偶尔发表一番高论。至于三宅翁呢，据斋藤老板说，家里的书多得不得了……坦白说，因为东京几乎没有治汉学版本的老师，我的书志学老师，基本就是民国学者和古书店老板。在后者中，斋藤老板无疑是最重要的一个。

毕业以后，从各方面得知，斋藤君原来是琳琅阁初代老板的伙计，后来娶了老板的女儿。但太太性格很好，一点都不像那种招婿入赘人家的女儿。另外，还听说初代和二代的经营方法完全不同。

在大正年间，古书店的书都是不标价格的。客人来了就砍价，然后老板还价。初代的琳琅阁，也是这样根据客人面子定书价。然而，刚去世的二代斋藤老板，却因在原价上加价两成出售的做法而赢得口碑……在战前，琳琅阁的标价牌上，一定有两个价格："入"，即买入价；"出"，即卖出价。而且后者一定是在前者的基础上增加百分之二十。战后因为物价上涨，才增加到了百分之五十。光从这一点，就能看出斋藤君一丝不苟的性格。以买入价为基础，买得便宜的话那卖得也便宜，这种古朴的经营策略，现在恐怕已经不合时宜了吧。[2]

1　三宅省太郎（1850—1934），号真轩，日本汉学家，曾任广岛高等师范学校教授，著名周礼学者加藤虎之亮（1879—1958）即为其高足。三宅平素衣食节俭，薪水全用于买书。退休后居东京本乡菊坂一栋二层小楼，聚书五万多册，无处存放，漫溢至客厅，每天都担心二楼被书压塌。有客来，只好请至卧室，在书山围绕中谈话，怡怡然也。去世后，藏书归东京都无穷会图书馆。

2　长泽规矩也：《琳琅阁主人と私》，《日本古書通信》1958 年第 176 号，第 8—9 页。

二代斋藤去世，东京古书店里就再也没人用这种童叟无欺的标价牌了。文末长泽感叹："斋藤真是文献的恩人啊，实在是可惜。"

另一位书志学者柳生四郎回忆道："斋藤兼藏老人家的风貌，和内山完造很像，都是通晓古书，且如同神一样的存在，可惜去年去世。以前图书馆碰到难鉴定版本的中国图书时，都要请教老人，他总是亲切地倾囊相授……幸田露伴、狩野亨吉这样的饱学之士，常来店里买书，每次都要和店主谈上两到三个小时。琳琅阁虽然历经了几代更迭，但还是本乡古书店中特异的存在。"[1]

柳生四郎还提到二代斋藤掌店时，对于手下店员也很宽容，为了让他们尽早学会售卖古书的窍门，甚至允许他们自己搜罗古书，摆在店里贩卖，"这种事普通人肯定是做不到的，但老人家就是有这样宽广的胸襟"[2]。东大附近文雅堂的店主江田勇二，以前就是琳琅阁的职员，后来另起炉灶，出售汉籍与法帖。

二代斋藤过世后，琳琅阁冷清了许多。接下来的六十年里，这家书店几乎从各类报纸、杂志、文集中消失了。

直到后来我读山根幸夫（1921—2005）主编的《中国史研究入门》时，发现一九九五年的修订版附录部分"中国书专门书店"中力荐琳琅阁书店，介绍语写道："和山本书店一样，都是专售中国书的老铺，现在台湾本也很多。"[3]山根一九四一年至一九五二年间就读东京帝国大学文学部东洋史学科，学生时代想必受惠于琳琅阁不少。

1　柳生四郎：《随筆·古本屋地図》，《日本古書通信》1959 年第 186 号，第 7 页。

2　柳生四郎：《随筆·古本屋地図》，第 8 页。

3　山根幸夫编：《中国史研究入門》下册，东京：山川出版社，1983 年，第 545—546 页。

今天的琳琅阁书店仍开在东京大学南边。贵重书都没有在店里摆出来，而是刊载于每年的《琳琅阁古书目录》上，我浏览最新一期目录，其内容分写真版、古典籍、洋装古本书、中文书古书、样书古书五类，古典籍部分有民国四年西泠印社刊吴昌硕《岳庐印存》、嘉靖二十六年刊本《六家文选》、樱山文库旧藏赵岐注《孟子》等，但价格都颇高。

曾与一位二〇〇七年便来日本读书的前辈闲聊，她说自己刚来日本时，京都地区中国书不但种类丰富，价格也低廉。后来随着中国留学生、访问学者日益增多，书价自然水涨船高。甚至到现在，很多日本古店店老板在定价之前，都会先上"孔夫子"网查询一番。这么一来，捡漏的空间就越来越小了。

来东大时，我去得多的还是赤门外的第一书房、大山堂书店等，在琳琅阁仅买过罗福颐（1905—1981，罗振玉之子）的《满洲金石志》而已。有一次正准备走，外面暴雨倾盆，我被困店中，浏览收银台右边两排书架的线装书，清刻本、和刻本、朝鲜本皆有，还有一轴荻生徂徕（1666—1728）的手迹，依稀想见一百多年前杨、郑、罗、缪、徐诸君来时，店里插架焕烂的盛况。

学灯：丸善书店

　　曾在网上见到一张昭和四年的明信片，由丸善株式会社从东京寄往北平东城南小街禄米仓甲二六号，收信人是徐祖正。徐氏字耀辰，一九二五年与周作人、张凤举创办北京大学东方文学系，为日语系元老。明信片通知徐氏，他订购的美国学者鲍温（C. S. Baldwin）《中世纪的修辞与诗歌》（*Medieval Rhetoric and Poetic to 1400*）已到东京丸善总店，并列出书价和运费，只要汇款即可寄出云云。

　　民国年间北平也有外文书店，徐祖正却通过东京的书店向纽约出版社订购，不免舍近求远。再查徐的好友鲁迅、周作人的日记，才知道周氏兄弟买外文书也喜欢通过丸善。鲁迅日记中有好几处"得丸善明信片"的记录，周作人一九一七年在北大教授欧洲文学史时，先后从丸善购入《近代意大利文学》《希腊古代哲学》《果戈理小说》等外文参考书。若没有丸善株式会社这一日本"外援"，二十世纪中国新文学运动史恐怕就得重写了。

一

一九〇六年六月，周作人首次东渡日本，在大哥鲁迅租的东京本乡伏见馆下宿住下。第一天晚上，周作人就看到鲁迅从丸善订购的一包书："内计美国该莱（Gaylay）编的《英文学里的古典神话》，法国戴恩（Taine）的《英国文学史》四册，乃是英译的。说也可笑，我从这书才看见所谓文学史，而书里也很特别，又说上许多社会的情形，这也增加我不少见闻。"[1]因为还不通日文，最早打开绍兴少年眼界的，无疑是东京丰富的英文书。

几个月前鲁迅刚从仙台医学院辍学回东京，不考正式学校，只在独逸语学协会挂名学德语，高兴的时候听几回课，大部分时间闭门"从事文艺运动"。周作人有样学样，前两年虽在中华留学会馆有每天三小时的日语课，他经常不去，要么自学，要么"在日本桥、神田、本乡一带的洋书、和书新旧各店，杂志摊，夜店，日夜巡阅，不知疲倦"[2]。周氏兄弟赴日的身份是官费生，清末官费的特点似乎是只管给钱，不干涉学生具体做什么。

兄弟俩有时还加上同乡许寿裳携手游书肆的机会不少，文求堂、东京堂、郁文堂、南阳堂等处都留下了他们的身影。周作人"平常极少一个人出去的时候，就只是偶然往日本桥的丸善书店，买过一

1　周作人：《知堂回想录》，石家庄：河北教育出版社，2002年，第231页。周作人后来在1944年所写的《我的杂学》一文中称"我到东京那年，买得该莱的《英文学中之古典神话》"，与自传中说法略有出入。

2　周作人：《怀东京》，《瓜豆集》，石家庄：河北教育出版社，2002年，第62页。

两册西书而已"，这种情况一直持续了三年，直到鲁迅回国为止[1]。三十年后，老东京已在关东大地震中被夷平，他在北平苦雨斋里回忆道：

> 说到东京的书店第一想起的总是丸善（Maruzen）。他的本名是丸善株式会社，翻译出来该是丸善有限公司，与我们有关系的其实还只是书籍部这一部分。最初是个人开的店铺，名曰丸屋善七，不过这店我不曾见过，一九〇六年初次看见的是日本桥通三丁目的丸善，虽铺了地板还是旧式楼房，民国以后失火重建，民八往东京时去看已是洋楼了，随后全毁于大地震，前年再去则洋楼仍建在原处，地名却已改为日本桥通二丁目。我在丸善买书前后已有三十年，可以算是老主顾了，虽然买卖很微小，后来又要买和书与中国旧书，财力更是分散，但是这一点点的洋书却于我有极大的影响，所以丸善虽是一个法人而在我可是可以说有师友之谊者也。
>
> 人们在恋爱经验上特别觉得初恋不易忘记，别的事情恐怕也是如此，所以最初的印象很是重要。丸善的店面经了几次改变了，我所记得的还是那最初的旧楼房。楼上并不很大，四壁是书架，中间好些长桌上摊着新到的书，任凭客人自由翻阅，有时站在角落里书架背后查上半天书也没人注意，选了一两本书要请算账时还找不到人，须得高声叫伙计来，或者要劳那位不良于行的下田

1　周作人：《知堂回想录》，第227页。

君亲自过来招呼。这种不大监视客人的态度是一种愉快的事，后来改筑以后自然也还是一样，不过我回想起来时总是旧店的背景罢了。

同是外文书店，中西屋监视客人就有些过分，以至于有客人感觉被当成小偷防范，火冒三丈，当场和店员吵起来，"但是不久中西屋出倒于丸善，改为神田支店，这种情形大约已改过了罢"[1]。周作人一直被蒙在鼓里的是，中西屋原来就是丸善株式会社旗下的另一家外文书店，本是同根生[2]。

在周作人买英文书读时，鲁迅则在埋头看德文。东京书店以南江堂的德文书最多，老板小立钲四郎也毕业于仙台医学院，鲁迅去那最勤[3]。丸善主要售卖各大学急需的哲学、医学书，且与欧美各出版社都有联系，可接受读者订购，凡遇到难以入手的外文书，鲁迅就列出书单交给丸善书店订购："这样积累起来，也得到了不少，大抵多是文库丛书小本，现在看来这些小册子并无什么价值，但得来绝不容易，可以说是'粒粒皆辛苦'了"[4]。

1　周作人：《东京的书店》，《瓜豆集》，第 73 页。
2　植村清二：《丸善百年史 上卷 第一编》，东京：丸善株式会社，1980 年，第 94—95 页。
3　北冈正子著，李东木译：《鲁迅 救亡之梦的去向：从恶魔派诗人论到〈狂人日记〉》，北京：生活·读书·新知三联书店，2015 年，第 30 页。
4　周作人：《鲁迅的文学修养》，《鲁迅的青年时代》，石家庄：河北教育出版社，2002 年，第 57 页。

二

买外文书是奢侈的爱好，尤其是对每月只有三十一日元的官费生。周氏兄弟逛书店基本只收廉价文库本，遇到精装本"往往像小孩走过耍货摊只好废然而返"[1]。因为买书太多导致生活拮据，鲁迅彻夜用功后经常不吃早饭，不喝牛奶，抽几根劣质烟直接吃午饭。大约是在一九〇六年下半年，周氏兄弟决定联手译书，既能缓解经济拮据，又能向国内介绍新文学，可谓一举两得。

最早译出的是哈葛德（H. R. Haggard）、安度阑（Andrew Lang）合著的《红星佚史》（*The World's Desire*），一九〇七年二月译成，"那时还住在伏见馆里，抄成后便寄给商务印书馆去看，回信说可以接收，给予稿费二百元"。半年多官费的钱瞬间到手，兄弟俩贫儿骤富，汇款单还在海上，已经向朋友借了一百元，"去到丸善书店买了一部英译屠介涅夫选集，共有十五本，每本里面有两三张玻璃板插图，价钱才只六十先令，折合日金三十元，实在公道得很"，后来又看到广告"见有丹麦的勃阑兑斯的《波兰印象记》在英国出版，也就托丸善书店去订购一册"[2]。兄弟俩不但很快将稿费挥霍殆尽，还欠下了一堆书债。

清末翻译稿酬市场价是两块钱一千字，多劳多得，尝到甜头的周氏兄弟将下个目标瞄向了大部头。一九〇七年夏他们从伏见馆

1　周作人：《我是猫》《苦竹杂记》，石家庄：河北教育出版社，2001 年，第 176 页。
2　周作人：《知堂回想录》，第 245 页。

搬到中越馆，从那年冬天开始翻译俄国作家阿·托尔斯泰（A. N. Tolstoy）的英译本《银公爵》（*The Silver Knight*），此书又名《谢历勃里亚尼公爵》,周氏兄弟嫌名字都不够雅驯,将中译本书名改为《劲草》[1]，以象征主人公的"坚洁之操，不挠于浊世"[2]。

　　翻译的方式是一人负责起草，一人负责誊正，坐在榻榻米上边译边聊，时坐时卧，有说有笑，隆冬异常阴冷，兄弟俩却译得热火朝天。最后由鲁迅誊写出三百多页、十万多字的一大厚本译稿，满怀期待地寄给上海商务印书馆，出乎意料的是，这次等来的出版社回复却是：此书已经有人译过，译名《不测之威》，且已付梓，大作退还[3]——两人当时的心情，应该和被兜头浇一盆凉水差不多。

　　译书卖钱还书债计划告吹，接下来是几个月的贫困。痛定思痛之后，两兄弟决定今后译书不能再选名著，"去找些冷僻的材料来，这样就不至于有人家重译了"[4]。波兰、匈牙利、希腊、保加利亚、捷克、罗马尼亚等东欧古怪国度的文学作品不为人所知，很多甚至连英译本都没有，最能满足这一要求。

　　东京书市上找不到现货，鲁迅就先从倍寇（E. Baker）《小说指南》（*A Guide to Best Fictions*）中抄出书名，"一本本的开了账，托相识

1　周作人：《遗失的原稿》，《知堂乙酉文编》，石家庄：河北教育出版社，2002 年，
　　第 61 页。
2　鲁迅：《〈劲草〉译本序》，《集外集拾遗补编》，北京：人民文学出版社，2006 年，
　　第 455 页。
3　周作人：《知堂回想录》，第 246 页。
4　周作人：《知堂回想录》，第 271 页。

的书商向丸善书店订购"。[1]这位相识的书商是前丸善书店员工、相模原书店的老板小泽民三郎，估计是"书单一大张，而算账起来没有多少钱"[2]的事兄弟俩在丸善书店做过太多次，实在无颜面对店员，只好托熟人出面。

正是在翻译《匈奴奇士录》《炭画》《黄蔷薇》等东欧、俄国小说的过程中，周氏兄弟"看见了被压迫者的善良的灵魂，的酸辛，的挣扎"[3]，思想开始发生剧烈转变。一九〇八年章太炎在东京开设"国学讲习会"，听众有朱希祖、钱玄同、鲁迅、周作人、龚未生等。受章氏复古主义的影响，翻译时周氏兄弟仿照严复、林纾的文言译法，故意把常用汉字换成古字，如"踢"改"踶"，"耶"改"邪"等，对此读者的反响如何呢？

周作人说："多谢这种努力，《域外小说集》的原版只卖去了二十多部。"[4]翌年四月，鲁迅赶紧在上海《时报》刊登广告一则，加以宣传[5]，也无法挽回颓势，六月出版的第二册也只卖出二十部，两册的印数各是一千本和五百本，亏损严重，计划的第三册只好搁浅。

销售惨淡，难免意兴阑珊。那一年，二十四岁的周作人与羽太信子结婚，继续在日本的学业，二十八岁的鲁迅回浙江两级师范学堂教书。兄弟俩各奔前程，渐趋不愉快、甚至拳脚相向的合作译书

1　周作人：《再是东京》，《鲁迅的青年时代》，第 37 页。
2　周作人：《关于鲁迅之二》，《瓜豆集》，第 166 页。
3　鲁迅：《祝中俄文字之交》，《南腔北调集》，北京：人民文学出版社，2006 年，第 53 页。
4　周作人：《我的复古的经验》，《雨天的书》，石家庄：河北教育出版社，2002 年，第 121 页。
5　鲁迅：《〈域外小说集〉第一册》，《集外集拾遗补编》，第 453 页。

事业宣告终止。唯有从丸善书店购外文书的爱好，在两人身上分别延续着。

周作人回忆，一九一〇年即鲁迅离开翌年，他在丸善书店看到一本法国人比埃尔·路易（Pierre Louys）的《美的性生活》（*Aphrodite：Ancient Manners*）英译本，"印得颇草草，而定价须日金九圆，虽然很想买但是拿不出这些钱，只得作罢"，但心里始终惦记着，不料几天后一场大火吞噬了书店，"就此一起烧掉了"。[1] 据相关档案，火灾发生的确切时间应该是在一九一九年十二月十日，总共烧毁了十万三千册书，周作人记忆有误。不过丸善书店次年一月十八日就恢复了营业[2]。

三

江户末年，丸善株式会社就开始进口西文书了。

丸善初代社长名早矢仕有的，一八三七年出生于美浓国武仪郡笹贺村。美浓国位于日本中部、今天的岐阜县，境内山川连绵，农田稀少，居民多以手工业为生。此处特产是桑树生产的美浓纸，纸质洁白、纹理细腻，一般用来做灯笼和纸伞。但也有拿来印书的，如清末外交官黎庶昌、杨守敬在东京使署刊刻《古逸丛书》初印本即采用美浓纸印刷，墨迹清明，精美绝伦。

1　周作人：《希腊的古歌》，《看云集》，石家庄：河北教育出版社，2002 年，第 118 页。
2　木村毅：《丸善百年史 上卷 第二编》，第 659—661、677 页。

早矢仕家原姓林，"早矢仕"这个拗口姓氏相传是日本战国时代（1467—1585）美浓国守护大名所赐，以表彰林家先祖的骁勇善战。到有的这一代时，他们家早放下武士刀改握柳叶刀了。早矢仕有的年轻时在名古屋学习医术，十八岁回笹贺村开了一家小医馆，兢兢业业，医术得到乡民普遍赞誉。

和大部分村民一样，早矢仕有的原本将以乡村医生的身份终老故土，但附近洞村有位叫高折善六的人，特别欣赏他的才华，天天来医馆好说歹说，撺掇他去江户闯荡一番。因为父母双亡又没结婚，一八五九年早矢仕有的终于下定决心，把医馆托付给门人鬼头祥斋，打点行李向东而去。

到了江户后，早矢仕有的很快发现自己的诊疗技术根本无法在此立足。囊橐渐空，他只好一边给人按摩为生，一边重新学习荷兰医术，买了《英兰辞书》恶补英文。在明治维新前夜的文久（1861—1864）、元治（1864—1865）、庆应（1865—1868）时代，率先睁眼看世界的日本读书人，大多像早矢仕有的一样兰英并重。一八六四年，原私塾倒闭，早矢仕有的转入福泽谕吉创办的庆应义塾继续学业。

福泽谕吉即被印在一万日元纸币上的人物，出生于中津藩，早年出使美国，大受震动，回国后写出《西洋事情》《劝学篇》《文明论概略》等著作，并提出"脱亚入欧"论，被公认为日本现代化之父。一八六七年早矢仕正式成为福泽的门人，两人的关系亦师亦友。福泽认为早矢仕有商业天赋，劝他将西方经济学中股份制公司的原理付诸实践，早矢仕的碑文描述当时情景道：

　　兼修英文、医书于庆应义塾。一日，福泽先生讲经济书，至
会社法，（早矢仕）大有所感，幡然抛刀圭牙筹，曰："吾曹既有
日本人之名，不可不知日本人之分。方今举一国之商权，归诸外
人之手，坐视国力之衰耗，非日本人之分也。"于是始开丸善商社
于横滨，以贩鬻西书籍、药品为业，曰："教育与卫生，国家开明
之本，我当供其资也。"从来邦俗，独尚农业，商工则隶奴自安，
及先生发《商社之记》，一时传颂，旧风顿革。明治初年我商人买
外品者，皆倚外人，先生独以邮信直约于米商人，皆骇其胆略。[1]

　　明治二年，早矢仕有的通过福泽借到了二十两本金，在横滨
开出了丸屋商社。福泽给商社起的名字是"球屋"，意为地球之屋，
其含义是商社不要将眼光局限日本，要与全世界的商业对手竞争，
后来因为读错的人太多，故改店名为"丸屋"[2]。

　　丸屋商社的全名及名义上的店主是"丸屋善八"，但现实中没
有这个人。善八之名是早矢仕有的为了纪念怂恿他来江户的高折善
六。商社最早位于神奈川县横滨市新滨町，因店面湫隘，不久迁到
附近的相生町，最后在堺町二丁目暂时固定下来。堺町时代的丸屋
商社坐东朝西，丸屋书店、丸屋药店、静静舍（小诊所的名字）三
爿并立，可见早矢仕对于医术始终不能忘怀。

　　丸屋书店最早既卖洋书也卖日文书，不久发现洋书更受欢迎、

1　植村清二：《丸善百年史 上卷 第一编》，第 309 页。
2　日语中"球屋"的正确发音是"まりや"，但很多人会误读成"きゅうや"，见木村毅：
　　《丸善外史》，东京：丸善株式会社，1969 年，第 56 页。

1883 年丸善商社出版日译本《百科全书》
（京都大学附属图书馆藏）

利润更高，便专注于此。明治初年店里销量最好的是经济学、世界史和辞典，如威兰德（Francis Wayland）《经济学原理》（*The Elements of Political Economy*）、斯温顿（William Swinton）《万国史》（*Outlines of the World's History*）、韦伯斯特（Noah Webster）《简明英语辞书》（*A Compendious Dictionary of the English Language*）。因为供不应求，加上一八九九年日本才颁布著作权法，书店将很多外文书自行翻印，制成所谓海贼版。

随着销售业绩高歌猛进，丸屋商社一八七〇年在日本桥开出东京支店，随后几年大阪、京都、名古屋支店相继落成。丸屋还有进军银行业的雄心，一八七九年成立丸家银行。银行也采用股份制，第一大股东是丸屋商社；第二、第三大股东分别是福泽谕吉、早矢仕有的，福泽老家中津藩的士人、与庆应义塾有关人物皆大量入股——作为江户时代的产物，丸屋商社仍然不可避免地挟带有地域

1896 年丸善书店翻刻版埃德蒙·伯克（Edmund Burke）著
《伯克演讲书信选》（*Burke's Select Speeches and Letters*，京都大学吉田南总合图书馆藏）

和家族企业色彩。

一八八〇年，丸屋商社改名为丸善商社，重组过程中的利益交错，把会社内部弄得更加乌烟瘴气。加上日本经济持续低迷，四年后的股东大会上早矢仕有的宣布："丸家银行负债约五十万元，丸善商社约负债七十万元，两者合计超过了一百万元。这实在是不得了。如果不能挽救丸家银行，那无论如何得保存丸善商社。这不是完全没有希望的，只是我自己必须得引咎辞职了。"[1]

早矢仕有的辞职后，社员松下铁三郎接任社长，花了整整十五年时间，才填补了丸善商社的巨大财政漏洞，实现扭亏为盈。一九〇一年一月福泽谕吉再发脑溢血身亡，二月底早矢仕有的也死于胃病，丸善的灵魂人物、创业人物相继离世，意味着一个时代的谢幕。

1　植村清二：《丸善百年史 上卷 第一编》，第289页。

四

一八九四年中日甲午战争爆发，日本派二十四万士兵参战，军需品需求大增，价格翻了两三倍。丸善商社抓住机会，进口物资卖给军方，获得巨额利润。据当时店员中村重久的日记记载，一八九五年十月起丸善各支店纷纷举办庆功宴，庆祝总销售额破了历史记录。翌年丸善在京城（今韩国首尔）设置办事处，成为其最早的海外办事机构[1]。

战争挽救了濒临破产的丸善商社，也将日本从通货紧缩的泥潭中拉了出来。大胜清国引发的全民亢奋，使《日本人》《早稻田文学》《国民之友》等杂志如雨后春笋般涌现。《太阳》杂志宣称，日本帝国"已经一跃成为世界一等国，这也是第二次维新的契机"[2]。一八九八年以萨摩、长洲藩志士为主的日本内阁成立，新任首相伊藤博文常来丸善购买俾斯麦、拿破仑等人的传记，作为统治新殖民地朝鲜的参考[3]。丸善书店迈入了黄金时代，在中日两国的文学作品中，经常出现它的身影。

《风铃》是郁达夫一九二二年发表的短篇小说，收入《达夫短篇小说集》时改名为《空虚》。和《沉沦》一样，主人公质夫是病恹恹、为情欲所苦的中国留学生。暑假时他独自赴汤山温泉疗养，遭遇了一次虚无缥缈的恋爱，遍身情伤地回到东京站后：

1　木村毅：《丸善百年史 上卷 第二编》，第358页。

2　木村毅：《丸善百年史 上卷 第二编》，第346页。

3　久米正雄著，林其模译：《伊藤博文传》，北京：团结出版社，2003年，第357—358页。

又在街上走了一忽，拿出表来一看，还不甚迟，他便走到丸善书店去看新到的书去；许多新到的英德法国的书籍，在往时他定要倾囊购买的，但是他看了许多时候，终究没有一本书，能引起他的兴味。他看看 Harold Nicolson 著的 *Verlaine*，看看 Gourmont 的论文集《颓废派论》，也觉得都无趣味。正想回出来的时候，他在右手的书架角上，却见了一本黄色纸面的 *Dreams Book, Fortune teller*，他想回家的时候，电车上没有书看，所以就买定了这本书。在街上走了一忽，他想去看看久不见面的一位同学，等市内电车到他跟前的时候，他又不愿去了。所以就走向新桥的郊外电车的车站上来。买了一张东中野的乘车券回到了家里，太阳已将下山去了。[1]

文中的丸善东京本店，是留日学生团体创造社成员常去之地，郭沫若有篇小说《万引》，写主人公松野去一家"楼下是卖的杂货，二层楼上才卖的是书籍"的书店找法国诗人维尼（Alfred de Vigny）的《查铁敦》。由布局判断，这就是一九○九年火灾后重建、位于日本桥和银座交界处的丸善本店[2]。

透过松野的目光，读者看到一座书籍组成的迷宫，"要想游历遍这些宫殿，世间上还没有这样全能全智的人。"主人公走到新刊文学书架前，见这里摆着《吃死刑的女人》《吸血鬼》《白石之上》

1　郁达夫：《空虚》，《郁达夫文集 第一卷 小说》，广州：花城出版社，1982 年，第164—165 页。
2　中西敬二郎：《丸善百年史 下卷 第三编》，第 870 页。

等外文书，"单看这些书名已有引人入胜的魔力了"。

在看了《查铁敦》的价格又摸摸口袋后，松野决定将书偷走。他把书揣入大衣，走出书店就跳上一辆电车，车开了很久还不停地自我安慰道："我这不是革命的行为吗？我夺回的是天下的公物，是十九世纪的一位法国诗人做的一部悲剧，诗人做剧是供我们读，总不是供后代的商人来榨取我们的罢。我怕什么？我有什么畏缩的必要呢？"[1]

要论以丸善书店为背景最著名的小说，还要数英年早逝的日本小说家梶井基次郎（1901—1932）一九二五年发表的《柠檬》。小说主人公也是个颓废至极的日本学生，每日在下宿借酒浇愁，有研究者指出这恐怕就是作者本人：

> 在生活尚未被腐蚀之前，丸善是我喜欢的地方之一。红色和黄色的古龙水和生发水。精致的雕花玻璃器皿，以及带着典雅的洛可可风格的琥珀色或翡翠色香水瓶。烟管、小刀、肥皂、烟草。我曾花了一小时，只是看这些小玩意。结果我最后的奢侈行为，也不过是买了一根上等铅笔而已。然而，此处对当时的我而言，也变成了过于郁闷的地方。书籍、学生、收银台，看上去全像是讨债人、的幽灵。

1 　郭沫若：《万引》，《郭沫若全集 文学编 第九卷》，北京：人民文学出版社，1985 年，第 183—189 页。

某日清晨主人公在京都街头游荡，心血来潮地去水果店买了一颗柠檬，把它握在手中，感受其完美的纺锤形和丝丝凉意，忽然有一种很久没体验过的幸福感，"缠在身上的忧郁，就因为它而烟消云散了"。他边想边走到丸善京都支店前，平时不敢进的书店今天竟可以轻松迈入。但翻看外文画册时，幸福感却莫名其妙地逃遁了，连书店也变成了牢笼般的所在。他将柠檬放在书堆里，转身离开，"如果我是一个在丸善的书架上埋伏了一颗金灿灿的炸弹的歹徒的话，那十分钟后，丸善即会以美术书架为中心发生一场大爆炸，这不知会有多么有趣"。通过这番想象他重新高兴起来："若果真如此，那令人喘不过气的丸善一定会碎成粉末吧。"[1]

上述三个短篇发生的背景，均是明治（1868—1912）、昭和（1926—1989）之间的大正时代（1912—1926）。在大正天皇统治的十五年里，日本帝国对外不事征伐，对内无为而治，这是属于文人和知识分子的时代。随着昭和的到来，日本在对西方亦步亦趋半个多世纪后，即将迎来否定西方普世价值，重建东亚秩序的新时代。

五

大正初年除了伊藤博文、西园寺公望、大隈重信等政界名流外，夏目漱石、谷崎润一郎、芥川龙之介等作家也常来丸善购买外国文学书籍。此后文学书热度减退，社会科学类书籍风行。一九一三年

1　井基次郎：《檸檬》，东京：角川书店，1951年，第6—13页。

二次革命失败后孙中山流亡日本，曾在此买过尼采、柏格森、罗素等人著作。大杉荣、山川均等社会主义者频繁地出现在店里，购买马克思、恩格斯、克鲁泡特金等人的书，加以介绍、翻译和宣传。

　　大人物的频繁光顾，没有影响丸善书店对普通读者的服务水准。因为参加了"一二·九学生运动"，贾植芳于一九三六年流亡日本，在日本大学社会科就读，课余时常去丸善书店。有一次他去买小说《茵梦湖》，托店员找到了这本书：

　　　　我接书后，正在掏钱包要付钱时，这个店员对于我这个穿一身黑色大学生制服的学生，忽然发问说："你买它作什么用？"大约因为这是一本普通的小说，他看我的服装年龄，绝不像个收藏家，所以才这么发问的。我说，是替朋友买的。他又颇感兴趣地问到托我买书的人的德文程度，以及他是否也是个学生，等等。我说，正是，他和我一样，是个学生，他是把这本书当作初学德文的教材用的。他听了哈哈大笑说："那你犯不着买这么讲究的版本，花钱多，用起来不方便，有一本定价低廉的文库本就满可以了。"说着，他收回原书，去另一个架子上抽出一本用普通纸张印的三十六开的平装文库本，递给我说："那种版本要十多块钱，这个文库本却只要一角五分就够了，多便宜呀！"[1]

1　贾植芳：《怀念丸善书店》，《我的人生档案》，南京：江苏文艺出版社，2009年，第24—25页。

　　三十年代的丸善总店，已经不像二十多年前周作人留学时那样，听凭顾客自己找书。关东大地震后新建的店面过于宽敞，书籍太多，不得不配备很多店员。年底贾植芳又受哥哥之托，去丸善买法朗士（Anatole France）的《在白石上》，这次没有找到，于是店员请他留下住址，说会打电报到巴黎订购。

　　贾植芳很快忘了这件事。第二年春天，他用完了积蓄，每天只能买一条长面包，烧开水当汤配着吃，大衣、西装、留声机全部送去了典当行。一天早上他枵腹在家读书，八点左右有客人上门：

　　　我下了楼，一眼就看见一个披着斗篷雨衣、穿着长筒胶靴的商店小伙计模样的青年站在当门口，身后停一辆摩托车。他看到我下了楼，连忙鞠躬如也地问候，接着把手从斗篷里伸出来，递给我用书皮纸包好的一本书，说："我是丸善书店的，您先生订的那本书，我现在给您送来了，耽误了您的事，真真对不起！"说完，又是深深的一躬，同时把发票交给我。我茫然地随手打开包纸后，看到是法文本的《在白石上》，才恍然想起年前在日本桥丸善总店买这本书的事，竟像一个梦境。[1]

　　但五元钱的书费根本付不起，他非常狼狈，最后找了山西同乡借钱，才送走这位满身雨雪的丸善伙计。这或许是贾植芳在丸善买的最后一本书，那年七月抗日战争爆发他便回国了。

---

[1]　贾植芳：《怀念丸善书店》，《我的人生档案》，第 26 页。

一九三九年，丸善株式会社迎来了创业七十周年纪念日。为了庆祝，除编纂《丸善社史》外，会社还在二月分别向海军省、陆军省捐款用于购买侦察机，其中一架被命名为"报国机第二九三号 丸善号"[1]。可能是因为报国义举的作用，一九四一年日本商工省实行纸张配给制后，丸善的用纸申请仍然能得到充分的满足。

当盟军飞机开始对日本本土进行无差别轰炸后，丸善就迎来了灭顶之灾。一九四五年八月战争结束时，东京本店及所有别馆、仓库、出张所全烧，只残存神田区骏河台下的神田支店——周作人去过的中西屋旧址。国内除了京都、札幌支店完好无损，名古屋、长崎支店部分损坏外，大阪、横滨、神户、福冈、仙台支店一概无存。众多海外产业中，京城支店、新京（长春）出张所、奉天（沈阳）工厂三处，分别被韩国和中国政府接收，位于印度尼西亚首都雅加达的支店就地解散。

六

一九五二年十二月，战争的硝烟散去，新的丸善本店在日本桥落成，这是一栋九层楼高的钢筋混凝土建筑。从明治二年横滨创业开始计算，这已经是丸善本店依次于一八七六、一九〇九年两度毁于火灾、一九二三年三毁于关东大地震、一九四五年四毁于盟军空袭后的第五次重建。

1　中西敬二郎：《丸善百年史 下卷 第三编》，第 1047 页。

也是那一年，因为汉奸罪在上海老虎桥监狱服完刑的周作人回到北京，住进八道湾十一号。三十年前只有他和鲁迅两家人住在这个四合院里，现在已经挤满无产阶级群众了。因为收入断绝，周作人每天靠翻译为生，用的很多外文参考书，都是之前购自丸善书店。

在友人的邀请下，周作人同时为上海《亦报》写稿，很多内容是关于鲁迅的。几乎每个月，知堂老人都要乘公共汽车去北大，向老朋友徐祖正借钱，稿费到后再跑一趟还回去[1]。一九五六年随着鲁迅逝世二十周年的临近，他成了全国记者追捧的对象，《人民日报》《工人日报》《新华日报》等媒体争着刊载他的文章。

好友曹聚仁来信动员他为香港《新晚报》撰写回忆录，并嘱咐"最好是八九百字一篇，写得愈通俗越好……不必掉文，尽可能趣味化"[2]，这就是周作人作品中篇幅最大的《知堂回想录》。回想录的时间隧道带我们回到一九一八年，周氏兄弟在章太炎的鼓励下去丸善买了《吠檀多哲学论》，并着手翻译：

> 大概我那时候很是懒惰，住在伍舍里与鲁迅两个人，白天逼在一间六席的房子里，气闷得很，不想做工作，因此与鲁迅起过冲突，他老催促我译书，我却只是沉默的消极对付，有一天他忽然愤激起来，挥起他的老拳，在我头上打上几下，便由季茀赶来劝开了。[3]

1　钱理群：《周作人传》，北京：华文出版社，2013年，第439页。
2　曹聚人致周作人信，载《鲁迅研究资料》第10期，天津人民出版社，1982年，第62页。
3　周作人：《知堂回想录》，第261页。

　　把两兄弟劝开的季茀是许寿裳。那是两人的第一次正面冲突，虽然很快消弭，但还是让知堂老人抱憾不已。

　　一九四九年以后，丸善书店与中国的关系基本断绝。周作人去世后，他从丸善书店买的外文书大多归中国国家图书馆，混在其他外文书中，很难查找。我曾幸运地在国家图书馆调出过一册霭理士（Havelock Ellis）的《现代诸问题》（*Questions of Our Day*），那么多年过去，西文精装书特有的皮面书脊依然坚韧，翻开第一页，"周作人印"的方形朱文章鲜艳如昨。

孰为陈起孰毛晋：青木嵩山堂

明治三十年前后青木嵩山堂刊行过一套汉诗丛书，由日本汉学家近藤元粹（1850—1922）评定、训点，共十多种，包括《苏东坡诗集》《杜工部诗醇》《白乐天诗集》《王阳明诗集》等。丛书以铅活字排印，巾箱本，底本不是特别优良，但因为小巧易携、价格低廉，曾行销一时。

今天日本古书市场上，还时常见到这套书的身影。中国大陆也很早进口青木嵩山堂的出版物，北京大学图书馆特藏部有《中州集》一部，由封面所钤"山阴俞氏""大维长寿""大维"等印来看，曾是陈寅恪姻亲、哈佛大学博士俞大维的旧藏。

提到明治维新，人们就会想起脱亚入欧、全盘西化，与中国渐行渐远。其实在维新中途，出于对内强化统治、对外军事扩张的需要，政府一度提倡忠君爱国思想。落寞了几十年的江户儒学回光返照，儒学者近藤元粹、石川鸿斋等训点的汉籍再度风行。在这段汉籍出版的小阳春里，立足于大阪、东京两大都市的青木嵩山堂大放异彩。但其兴也勃，其亡也忽，留下大量书籍分藏各图书馆、私人手中，依稀可见当年盛况。

一

青木嵩山堂的创始人青木恒三郎（1863—1926）出生于大阪，原姓上田，因过继给青木家改姓。上田家是书香门第，恒三郎的祖父上田坦斋是儒医，精于汉籍与书道，父亲上田文斋兼治兰学，编有《类题明治和歌集》《和歌独习自在》等。小时候的耳濡目染，可能对青木恒三郎日后选择出版业不无影响。

但青木恒三郎出生时家道中落，他没能接受完整教育，不满九岁，就去大阪心斋桥筋博劳町上的中川明善堂书店当学徒工了。今天大阪市的心斋桥筋是繁华的商业街，江户时代它还是大阪府的著名书店街，聚集了五六十家书店，知名的有鹿田松云堂、金尾文渊堂、田中青柳堂等。嘉永二年（1849）汉诗人广濑旭庄（1807—1863）作有《浪华四时杂诗》，咏心斋桥筋云：

> 架上清风走蠹鱼，牙签万卷每家储。
> 孰为陈起孰毛晋，近日书林亦读书。

明治十一年（1878），在中川明善堂书店修业多年后，十五岁的恒三郎辞职创办嵩山堂书店。日本不少店家嵩山为号，如东京曾有一家小林嵩山堂书店，活跃于江户时代[1]。为了加以区分，一般称青木嵩山堂书店。明治十三年（1880）青木嵩山堂加入大阪书店行会，

1　吉川登编：《近代大阪の出版》，大阪：创元社，2010年，第74—75页。

当年九月出版竹林哲编《机头小圃》，这部线装四册木刻画谱是目前所知青木嵩山堂最早的出版物。

创业初期青木嵩山堂在大阪市内迁址六次，最终回到心斋桥筋博劳町，与老东家中川明善堂比邻。明治十七年（1884），青木嵩山堂东京支店在日本桥建成。在首都站稳脚跟，标志着书店的影响力从关西辐射至关东。与此同时，青木嵩山堂赶上了日本国内新型活字印刷术大范围推广的潮流。

传统上日本的活字印刷术有两个来源，都来自海外。其一是明末朝鲜战争时从朝鲜掳掠回的铜活字和印刷机，据此印刷书籍，年代最早的是文禄二年（1593）刊行的《古文孝经》。其二是十六世纪日本的耶稣会传教士以西方活字技术印刷的书籍，称切支丹版，年代最早的是天正十九年（1591）刊行的《圣人传抄录》（サントスの御作業の内抜書）。

活字易磨损，且印完书后板木即化整为零，不便重复印刷。江户时代书籍需求量大，日本山林中软木易得、价格低廉，故活字技术渐渐被废弃，雕版印刷成为主流。

明治十年（1877）至明治二十年（1887）之间，日本活字印刷术随着纸型的应用再度流行。此技术是以特殊纸张为底板，在排好的活字板上加压成纸型，纸型上注入铅合金，冷却后即成"铅版"，可浇铸多份，同时开工印刷。纸型轻便易携，可反复制版，修改错字也很方便。其缺点是遇热铅收缩，最后印出的字会比活字板上的要小些。不过"文明开化"运动中日本出版社最看重的是印刷速度，此小疵无伤大雅。

青木嵩山堂即是借助纸型技术，以前所未有的速度出版新书。从《明治书籍总目录》的统计来看，明治二十六年（1893）青木嵩山堂共出版书籍两百三十种，此后逐年递增，明治四十四年（1911）一千五百六十九种，达到最高峰。明治三十五年（1902）青木嵩山堂版教材获得了"东京帝国大学御用""京都帝国大学御用""全国各中学校御用"等多个头衔。我曾在古书店见到一套《陆放翁诗抄》，版权页注明青木嵩山堂是东大、京大、一高、学习院等教育机构的御用书肆。

青木育志曾概括不同时期青木嵩山堂的出版物种类："草创时期的核心是世界各地和日本的旅行书、语言学类实用书籍，以铜板印制。上升期出版了大量文艺书，末广铁肠、山田美妙、幸田露伴、村上浪六、砚友社作家（除了尾崎红叶、泉镜花）作家为主。全盛期主攻教养书，以近藤元粹作品（汉学、汉文）、山田美妙作品（文章、辞典）、千河一贯作品（传记、历史）、后藤本马作品（法律、教育）为核心。"[1]

不难看出，明治时代青木恒三郎的经营策略是无论和汉，不问雅俗，不管是通俗出版物、专业教科书，四面出击。这一激进路线既缔造了明治年间"东博文馆，西嵩山堂"的出版神话，也为日后的盛极而衰埋下了伏笔。

1　青木育志、青木俊造：《青木嵩山堂：明治期の総合出版社》，东京：一般财团法人アジア・ユーラシア研究所，2017年，第42页。

二

除了出版新书，明治时代从上海输入唐本书利润亦可观，青木嵩山堂很早涉足。据田中菊雄《唐本商的变迁》，最早怂恿青木恒三郎这么做的正是荧雪轩主人近藤元粹。近藤在青木嵩山堂出版了《笺注十八史略》《小学纂要》《王注老子标释》《孝经纂注》等著作，常为恒三郎出谋划策。

中国方面嵩山堂最大的对口供应商是上海扫叶山房。明万历年间，扫叶山房由席氏家族创办于苏州，通过购入汲古阁《十七史》书版重刷发迹，乾隆时期始盛。清末上海开埠，扫叶山房立即迁入。至清末民初，扫叶山房大体放弃雕版印刷，改出版石印、铅印书。

石印技术最早由德国人塞尼菲尔德（Alois Senefelder, 1771—1834）于一七九八年发明，后来又经过多次改良，清末传入中国。民国时期扫叶山房以棋盘街北号为总店，另设多个分号，将石印技术发挥得淋漓尽致。所印书籍校勘不精，却以量取胜，席卷市场。

文求堂书店老板田中庆太郎回忆，在东京读大学期间，他经常去青木嵩山堂东京支店看中文书。暑假回京都时，他向父亲建议不妨效仿青木恒三郎，从上海试着进口些石印本、铅印本新书，看看有没有销路，结果也卖得非常好。日后文求堂发展成为东京地区最大的汉学书店，离不开青木嵩山堂的开拓之功。

嵩山堂也颇以此为傲，在出版的《东京名物志》中介绍道，本店"专门从事汉文书的出版，以及唐本书的进口、销售……东都面积虽广，书肆虽多，但直接从中国输入唐本的店却少有类似的"，而且其中"汉文书的出版范围，从经史到诸子百家，几乎无不网罗，多加以邦人之训点注释，对初学者不无便利。珍书奇籍，无一不备，对学者之裨益，实不尠少"。以上描述的虽然是东京支店，但也适用于大阪本店。

明治二十九年（1896），青木嵩山堂唐本书目录《古典聚目》第一集发行，其例言提到书店进口唐本书的情况。该目录存世不多，据京都大学文学部藏本择要翻译如下：

一、清国历朝之书籍邦俗称之为"唐本"，殊受汉学者之珍重，唯价贵书稀。战后吾邦与彼国交通益繁，又加以汉文学之勃兴，广收唐本，然新渡本仍难得。敞堂感念于此，派店员至清国，周游各都各港，四方调查，所得颇多，斯唐本输入之始也。今唐本大半到货，编成《聚目》，以飨同好诸贤，盖九牛之一毛也。今后每有新书，即编入书目，不敢懈怠，祈得大方之爱顾为幸。

一、今人尊古之俗徒，多持古渡唐本为良说。然由今回调查之处所见，彼地文运犹未衰，重刊新刻，陆续而出，良书诚非少。然清国奸商，多以彼地廉价之恶本输入吾邦，博一时之巨利，致新渡本名声失坠，岂不宜鉴哉。

一、今回新输入之唐本，乃从其最精之品聚而选之，一律制新函套。白纸印本或批校本，卷少价贵，或不信其为至当者。然同为新渡之书，本堂之价格较他处为廉，可证本堂非嗜利也。

一、清国地广，气候交通，多有不便。一旦售罄，再进货便需时日，故订购从速为幸。好书难遭遇，其此之谓乎。

　　可知甲午战争结束后，日本国内对中国大陆的兴趣高涨，汉籍书市意外繁荣，不过最早抢占日本市场的是清国书商。后起的青木嵩山堂派店员去清国各地考察、进货，邮寄回国，统一销售，凭借其质量、包装和价格，一步步抢回汉籍市场。

　　《古典聚目》第一集以丛书为主，《汉魏丛书》《知不足斋丛书》《粤雅堂丛书》《百子全书》《昭代丛书》都囊括在内。因为市场反应良好，明治三十一年（1898）的第二集中，又加入《金华丛书》《春在堂全书》《益雅堂全集》《皇清经解》《皇清经解续编》等，并设经书门、诗集门、金石门等多个类别。青木嵩山堂以薄利多销立社，倾向于经营常见、大部头的实用性书籍，很少售卖价高稀少的宋元明善本，和大阪这座城市的精神气质一样，它是属于平民的书店。

三

　　不以善本古籍为经营重点的青木嵩山堂，却留下一件与清末民初中国学人有关的轶事。二〇〇七年，北京嘉德春拍上出现一件明汲古阁本《冷斋夜话》，为罗振玉"大云书库"旧藏[1]。辛亥革命爆发后，罗振玉携带几万卷古书，各类甲骨、碑帖、文物客居京都，此书为其中之一。卷末有罗氏跋云：

　　　　壬子七月，嵩山堂以五山版《冷斋夜话》求售，乃覆宋本，索价三百元，因请静公以三夕之而校之。

1　韦力：《得书记》，桂林：广西师范大学出版社，2015 年，第 295—296 页。

　　壬子年即一九一二年，罗振玉到京都翌年。静公即与罗氏一同赴日的王国维，嵩山堂应是大阪青木嵩山堂。

　　《冷斋夜话》作者为宋代僧人惠洪（1071—1128）。惠洪俗姓彭，名德洪，十三岁入寺为沙弥，十八岁在首都开封出家。彭德洪剃度时冒某僧"惠洪"之度牒，遂将此法号据为己有。他与北宋文人士大夫来往密切，所作诗词风格浓艳，语涉闺阁、春思、唇红等意象，乍看不似出家人所作。《冷斋夜话》体裁介于诗话和笔记之间，有不少关于苏轼、黄庭坚、王安石、秦观的轶事，受到历代学者重视。此书篇幅不大，但版本复杂，日本五山版即是其中之一。

　　五山版是镰仓时代末至室町时代初以日本京都五山（天龙寺、相国寺、建仁寺、东福寺、万寿寺）为中心的和刻本汉籍。五山版多以宋元版书为底本覆刻，少数以明初刊本为底本。其刻工中有元末明初在日本避难的浙江、福建刻工，最著名的是余良甫。因为底本、刻工两方面的原因，五山版通常被视为宋元刊本的一个海外别传流派。

　　最早利用五山版做研究的中国学者是罗振玉和王国维。一九一二年九月五日，王国维致缪荃孙信中也提及青木嵩山堂待售本《冷斋夜话》：

> 授公从书坊携来五山刊本《冷斋夜话》（前五卷当明嘉隆间人抄补）甚佳，以毛本校之多两条（十卷亦有小题，其"渊材"亦作"刘渊才"，当自元本出），又补脱落数处，改正若干字（约数百字）。索值三十八元，大约拟留之也。[1]

1　《王国维全集》第十五卷，杭州：浙江教育出版社，2010年，第44页。

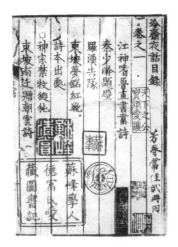

日本五山版《冷斋夜话》

　　将此信与前引罗跋对照，发现王国维所说的三十八元书价，与罗振玉三百元的说法相去甚远，难以判断孰是孰非。那一年王国维利用罗振玉的藏书，在罗手下做事，报酬微薄。该信下文云"在此间生计尚无把握，叩尽囊底，足支一年，此后不知如何"，令人凄然。

　　王国维穷尽三晚之力校勘完毕的汲古阁本《冷斋夜话》，后被收入罗振玉编《殷礼在斯堂丛书》，丛书本卷末王氏跋云：

　　壬子夏以日本五山刊本校《津逮》，共补二条，改正数百字，甚为满意。元书前五卷钞补亦旧钞也，自源当出元刊。王国维记。

　　五山刊本后有题识一行曰：元龟三年记之。案：元龟三年当明隆庆间，其字与前五卷之补钞似出一手。元书每半叶九行，每行十八九字不等，每条第二行以下均低一格。并记。

　　宋时此书各本卷数颇不同。《宋史·艺文志》云十三卷，《郡斋读书志》及《文献通考》云六卷，独《直斋书录解题》所著录者为十卷，与此本同。今行世者有《津逮》《稗海》二本，《稗海》无小题，然卷数亦同。今观五山本亦然，知元明以来只此十卷本孤行于世矣。

　　在王国维看来，日本五山本与通行的《津逮秘书》本、《稗海》本相比更接近于原本。持此看法的不止一人。一九一四年双鉴楼主人傅增湘从书友处借到一部丁氏持静斋旧藏何焯手批《冷斋夜话》，将批文誊录在自藏明万历商濬刻《稗海》本上，但仍不满意："安得旧本一勘耶！"年底他在诵芬楼主人董康那里看到一部五山版《冷斋夜话》，傅氏《藏园群书经眼录》记载：

　　冷斋夜话十卷 宋释惠洪撰 存卷六至十，卷一之卷五抄配
　　日本五山刊本，九行十八字，白口，左右双栏。各卷通记页数，字体从古，从宋本出。余取校稗海本，卷九补开井法一条，余异字、异文，殆不可胜计。（董授经藏书）[1]

　　从对行款、抄补部分的描述看，此书与罗、王所见之本为同一本。估计是罗振玉让王国维用五山本校完《津逮秘书》，送还给青木嵩

1　傅增湘：《藏园群书经眼录》卷八《子部二·杂家类一》，北京：中华书局，2009年，第573页。

山堂后，董康最终将其买下，并借给好友傅增湘。傅氏在拿五山本
二校《稗海》本后又跋云：

> 授经同年藏五山版，九行十八字，白口，左右双阑（通各卷
> 为号），字体疏古，直从天水出。惜前五卷乃抄补，然亦极旧，疑
> 数百年前人手笔。假校一过，卷九补开井法一条，余所得异字、逸文，
> 殆不可胜记。余昔迻写何校，苦无善本可勘，今竟获海外奇秘，
> 读毕为之忻慰无己。沉叔手记，时甲寅十二月十七日也。[1]

　　从这段记录推测，董康从青木嵩山堂购书的时间应该在
一九一二年七月至一九一四年十二月之间，那时他在北洋政府担任
要职，三百元自然不在话下。还有一种可能是此书在青木嵩山堂与
董康之间还有若干次转手，但已不可考。

　　五山版《冷斋夜话》在诵芬室没有保存太久，董康《书舶庸谈》
一九三五年五月八日条记载"昔年余藏有是书，今归沉叔同年。较
通行本多数则也"[2]，细体文意，是已经转让给傅增湘。

　　傅增湘对此也有记载。据王菡《藏园校勘子部书从录》一文，
傅氏旧藏两部《稗海》本现都存于国家图书馆。一部即上文所提之
万历本，还有一部清康熙振鹭堂重修本《稗海》丛书所收《冷斋夜话》。
一九二六年傅增湘拿五山本校康熙重修本两遍，附长跋云：

1　傅增湘：《藏园群书题记》卷七《子部一二·杂家类·杂学、杂说·校冷斋夜话跋》，
　　上海古籍出版社，1989 年，第 374 页。
2　董康：《书舶庸谭》卷八下，民国二十八年自刻本，叶 11a。

余数年前得之于董绥金大理，取校《稗海》刻本，凡卷首总目每则标目，《稗海》本皆无之，计增订改易之字，凡六百三十有奇，卷三脱"诗一字未易工"一则，凡五十六字，卷九脱"开井法禁蛇方"一则，凡三百五字，综核全书改订之字一千有余。考《皕宋楼藏书志》有元至正癸未三衢叶氏刻本，言旧本讹谬，兵火之后几不传于今，本堂家藏善本与旧本编次大有不同云云，疑倭人传摹或出于此，故视世行本差异乃悬绝也。

既云"数年前"，则董康将五山本转让傅增湘的时间至少应在一九一六年以后，否则便应云"十数年前"，但同时也不会晚于一九二四年，负责便应云"去年"或"前年"。但在藏园之后这部五山本的新主人是谁，目前不得而知。日本现存五山本《冷斋夜话》不止这一部，东京东洋文库、国会图书馆等处均有收藏。

四

大正五年（1916）青木恒三郎当选大阪图书出版业组合第一代会长，可谓实至名归。但大正七年（1918）二月份青木便辞去会长，同年六月九日青木嵩山堂在《东京朝日新闻》上刊登《营业终了广告》，宣布七月一日起终止营业。看似大厦骤倾，其实自从大正时代以来，青木嵩山堂就进入衰退期：大正三年（1914）只出版七种书籍，随后四年的出版物分别是四种、一种、一种、一种。按此态势，关门大吉恐怕是必然的。

青木嵩山堂从创业到关门，刚好走过了四十年。回头来看，书店发明的书籍邮购可能是压垮自己的最后一根稻草。明治十三年（1880）前后嵩山堂开始发行《内外书籍出版发兑目录》，每月十五日出版，从大阪、东京邮寄至全国各地，"内"为日本出版物，"外"为进口出版物，在当时是创举。此后越来越多书店接受邮购，而且不断改进服务，嵩山堂倾向批发、排斥零售的做法很快被市场边缘化。加上家族企业色彩越来越浓，非青木家族成员进不了书店管理层，人事的僵化使书店更难适应社会变迁。

青木恒三郎晚年痴迷书画和古董收藏，大正十五年（1926）去世时藏品超过一千六百件。他曾留下遗愿：希望成立一家青木美术馆，永久保存他的藏品。可惜后人无力付诸实践，这些艺术品很快就散佚殆尽。

梦寐绕山河：山本书店

　　山本书店是我来日本后逛的第一家汉学书店。当时是三月末，和友人约好一大早去上野公园赏樱，可惜花期刚开始，春风料峭，只看到树梢成簇的花骨朵，稀稀落落开了不到二三成。坐在树下喝酒赏樱的东京人已不少，但还得在膝上盖块毛毯御寒，玩得一定不怎么尽兴吧。鲁迅在《藤野先生》中描述道："上野的樱花烂漫的时节，望去确也像绯红色的轻云。"这番景象，还得再等上一周。

　　还不知道日本古书店一般傍晚六点关门，我又去附近的东京大学、日本武道馆逛了半天，临近黄昏才慢悠悠地坐电车去神保町。出站上到地面，右手边第一家书店就是山本书店，一头扎进去就出不来了。

　　首先看到一套大安社影印本《新青年》，旁边是筑摩书房版《内藤湖南全集》，精装书拿在手上都沉甸甸的，来日方长，下次再来买。继续往里走，店里三面都被书架围绕，中间再并排放六个，中文、日文旧书各占一半。书摆放得恰到好处，既不留下空格，也不至于因太挤而抽不出书。注意到西边墙面一块靛蓝布背后，隐藏了间小储存室，隐隐约约可以看到里面备用的书。哦，原来秘密在这里。

山本书店外景

　　书店里面没有小说，没有文艺书，也没有文库本，只有古籍和学术书，正合胃口。看得渐入佳境，店员开始挨个通知顾客："不好意思，我们马上要打烊了，拜托明天再来吧。"我拿了一套心仪已久的潘柽章、吴炎所著《国史考异》去结账。这个台北广文书局的影印本，在国内非常难买到。

一

　　创业于明治四十二年（1909）年的山本书店，今天已经传到第三代。

　　一代目山本常太郎，曾是松山堂书店的店员，他最早在神田今川小路，即今天的店址上搭起棚子售卖汉籍为主的古书。大正年间到昭和初年是日本国力强盛、国际地位不断攀升的时代，神保町作为旧书一条街，也在这时崛起，地处靖国神大道十字路口繁华位置的山本书店，自然生意兴隆。我在东大毕业的老一辈东洋史学家的著作中，经常读到他们来此访书的记录，京都大学的老先生如治中国思想史的岛田虔次（1917—2000），上京时也会特意前来拜访[1]。

　　常太郎传给二代目山本敬太郎的时间不明，但从后者出生于大正三年（1914）、卒于平成三年（1991）推断，大概是在二战前后接手这家店铺。战争期间，日本出版业蒙受重创，凡是出版于一九四〇至一九四五年间的日文书，大多墨迹不清、纸张黄脆，乃盟军封锁下全国物资严重紧缺的痕迹。与新刊书的萧条形成对比，旧书市场弦歌不辍，昭和十六年（1941）年的《山本书店新集书报》中，罗列出汲古阁刊明刻本《周礼注疏》、刘鹗《铁云藏龟》初刊本、乾隆刊本《卫藏图识》等汉籍，总体还是颇为可观[2]。

　　战争结束后，日本百废待兴，汉学研究也改弦易辙。深知"创业难，守成更不易"的山本敬太郎不再满足于古书店老板的角色，也参与到了汉学著作的策划、出版甚至写作之中。

　　五十年代末，石原道博（1910—2010）在写作《朱舜水》一书时，山本敬太郎给予了他研究资料上的帮助。石原是东京大学东洋史学科出身，专攻明清中日关系史，著有《明末清初日本乞师研究》

1　山根幸夫：《岛田虔次さんの思い出》，《続 中国研究に生きて》，东京：汲古书院，2001年，第159—160页。

2　《山本書店新集書報》，1940年7月，第1—2页；《山本書店新集書報》，1940年11月，第1页。

《文禄庆长之役》《倭寇》等。我在国内读过其关于南明孤臣日本乞师的论文，深佩其读书之广博、考证之精细。为何终身在偏远的茨城大学任教呢？

一九四三年，由于前线战事吃紧，日军兵员严重不足，三十三岁的石原也被征召入伍，开赴伪满洲国。两年后日本战败，他落入苏军之手，和四十七万战俘一起被发配到西伯利亚劳改。苏军的劳改营以环境恶劣、死亡率高著称，一九四八年九死一生的石原回到日本时，发现从台北帝国大学、伪满洲建国大学、上海东亚同文书院等殖民地学校撤退的日籍教员，早已经占据了东京地区的大小教职，没有什么空缺留给他。无奈之下，石原只好接受旧制水户高校的聘书，此后一直在此执教鞭。

由于远离学术中心，石原后来在资料获取方面遇到不少麻烦。一九五四年，他看到《文求堂展观书目》中有一件朱舜水手书细楷小点轴，写信过去要购买时，回复却是早已售出，买家没有留下任何个人信息。五年后，石原又写信咨询山本敬太郎，敬太郎回复道，他私人藏有朱舜水手书诗卷一卷，落款有"岁次癸卯于长崎"云云[1]。癸卯年即日本的宽文三年(1663)，朱舜水还没有遇到后来的"恩公"德川光圀，在港口城市长崎过着拮据的流亡生活。比起后来在水户藩作的应酬诗文，这幅早期著作尤为珍贵。山本书店库存之丰富，由此可窥一斑。

很多学者在刊印书籍之前，会先咨询敬太郎的意见。一九七〇

---

1 石原道博：《朱舜水》，东京：吉川弘文馆，1961 年，第 275—276 页。

年，长泽规矩也主持的"古典研究会"脱离原母体大安社，新成立"汲古书院"出版汉学书籍。为打开局面，长泽决定先出版日本学者急需的二十四史。由于当时北京中华书局的标点本陆续出版，汲古书院社长坂本俊彦打算直接拿来缩印。长泽对此方案颇不以为然，在咨询了山本敬太郎后，也得到了否定的答复[1]。长泽这才下定决心放弃中华书局标点本，改用和刻本为底本影印。

这就是后来著名的《和刻本正史》丛书，包括本卷三十册和别卷八册。这套书的底本虽然不如张元济（1867—1959）的百衲本，但大开本精装、带函套的装帧设计，以及清晰的印刷，让人爱不释手。长泽规矩也又陆续主持出版了《和刻本经书集成》《和刻本诸子大成》《和刻本汉籍文集》。敬太郎的另一高瞻远瞩之举，是一九七八年在书店二楼开辟出"山本书店出版部"，即"研文出版"，今天已经是日本国内中国文史哲著作的重要出版机构。

二

既然卖的是汉学书籍，就需要从中国大陆进货。一九四九年后，从日本去中国不再那么容易，山本敬太郎还是对北京旧书店的最新情况了如指掌。曾在北京留学多年的吉川幸次郎（1904—1980）经常来店里，向二代目打听中国大陆师友的近况。

一九五七年十月十五日的《日本古书通信》上，有这么一则消息：

1　山根幸夫：《古典研究会小史》，东京：汲古书院，1999年，第50页。

　　去年，东京古书组合的合川村理事访问了中国。以此为契机，本组合决定为了振兴本行业，打开各类书籍和杂志的销售渠道，同时也为了促进对外交流，在理事会内设置"对外交流促进委员会"，并与中华人民共和国方面就合作展开会谈。经过讨论，本组合决定派遣井上周一郎、原三七和山本敬太郎三人赴中，寻求签订合作协议。

　　欢送会于九月二十七日下午六点在东京古书会馆召开，代表团于十月十八日下午一点二十五分从羽田机场出发，先飞往香港。三人预计将在中国逗留五十天左右。[1]

　　代表团此行先后访问了广州、北京、沈阳、鞍山、天津、南京、苏州、上海和杭州等城市，北京逗留的时间最长。在琉璃厂、隆福寺、西单市场、东安市场等旧书集聚地，山本敬太郎就公私合营后书店的经营情况做了各项调查，涉及店面总数、税收比例、书价等方方面面。十二月十日，一行人经香港中转返回日本，两天后在东京古书会馆召开了专场报告会[2]。

　　听完了山本敬太郎的报告后，众人走出会场时皆垂头丧气——敬太郎说，北京琉璃厂现在到处挂满了"全世界无产者联合起来""中苏友好合作万岁"之类的宣传标语，无论新书旧书，都由政府统一定价，公私合营政策下旧书店消失大半，"自信地推荐给人看的古

1　《訪中東京組合代表三氏に決定》，《日本古書通信》1957 年第 162 号，第 12 页。
2　《東京組合三代表中共から帰国》，《日本古書通信》1958 年第 165 号，第 18 页。

书没有了，不禁使人感到困惑和缺憾，是因为近年来，中国对五十年前的书籍，一律禁止出口。只就古书这一方面看，现在的北京不怎么有意思了"。其他城市更为惨淡，基本仅存一家新华书店而已[1]。

对吉川幸次郎来说，好消息是老朋友、来熏阁主人陈杭（1902—1969）还健在。陈杭字济川，河北南宫人，最开始是隆福寺文奎堂的店员，一九二五年被叔叔陈连彬叫到来熏阁做事，因为精通版本目录、精明干练且擅长交际，他不但与国内学者鲁迅、胡适、钱玄同、陈梦家等关系密切，和日本客人服部宇之吉、长泽规矩也、青木正儿也有深厚交情。

陈氏记忆力惊人，"凡稀见之书，某年售价若干元，归何处，随口说出，无稍差"[2]。在他的经营下，来熏阁发展成为琉璃厂一带规模最大的旧书店之一，兼营古琴、碑帖，并刊行孙海波《古文声系》石印本、刘盼遂《段王学五种》铅印本、《南唐二主词》影印本等书。陈济川派伙计去山东、山西、江浙等地收书，一九四〇年在上海设立分店。

一九二八至一九三一年留学北平期间，吉川幸次郎对来熏阁的印象是："店面深邃雅致，虽然书价偏高，但是精品迭出。因为老板与湖南文人、藏书家何绍基家有特殊关系，所以何氏的藏书就如涌泉般，不断地出现在店里。我收藏的唯一一部明版书'高唐王府'印的《艺文类聚》，就购自那里。"[3] 何绍基（1799—1873）的东洲草

1　吉川幸次郎：《琉璃厂后记》，《吉川幸次郎全集》第 16 卷，东京：筑摩书房，1975 年，第 560 页。

2　雷梦水：《书林琐记》，北京：人民日报出版社，1988 年，第 45—46 页。

3　吉川幸次郎：《琉璃厂后记》，第 560—561 页。

堂藏书，传到曾孙何诒恺时被陆续卖出。一九二六年，这批藏书首
先出现在长沙，其中仅叶启勋、叶启发兄弟就买到五千多卷[1]，吉川
在来熏阁买到的是其剩余部分。

　　中华人民共和国成立后，陈济川紧跟新政府脚步，积极接受
社会主义改造。在一九五六年的公私合营运动中，来熏阁被归并到
中国书店，他当选中国书店副总经理。翌年，回国的山本敬太郎向
吉川出示了一张在北京拍的合影，照片上的陈济川身穿旧式长袍，
三十年前那张"北魏佛像般的脸"一点都没变。在那年的反右运动中，
陈氏逃过一劫，直到"文革"来临。

　　一九七四年十一月，受京都大学人文科学研究所的邀请，北京
大学社会科学代表团赴东京、大阪、京都等地访问，沿途向日本同
行"介绍了北京大学教育革命和中国人民研究儒法斗争史的情况"[2]。
访问期间，吉川与代表团成员见面，赠以自著《吉川幸次郎全集》，
叩开访中之门。一九七五年三月，古稀之年的吉川终于有机会再去
"乾坤闻再造，梦寐绕山河"[3]的北京看看：

1　　叶启发云："丙寅、丁卯之间，太史曾孙诒恺移寓省垣，染阿芙蓉癖甚深，又沉溺醉乡，
　　陆续举其先世所藏者售金以资所费。余兄弟见其家藏旧本，必倾囊购归。先后所得，
　　以宋椠《宣和书谱》、《韵补》、《梦溪笔谈》、毛抄《重续千字文》为最，其余元明旧椠、
　　批校稿本不下五千卷也。"见氏著《华鄂堂读书识小录》卷二《古史六十卷》，李军
　　整理：《二叶书录》，上海古籍出版社，2014年，第218页。

2　　《外事往来·北京大学社会科学代表团赴日本访问》，《人民日报》1974年11月14日，
　　第4版；《北大社会科学代表团结束对日本访问》，《人民日报》1974年12月9日，
　　第5版。

3　　吉川幸次郎：《乙卯訪中日録·機上》，《吉川幸次郎全集》第22卷，第460页。

吉川幸次郎赠北京大学社会科学代表团书影

　　回望旧梦前尘，此行想去的地方还有一个。北京市南面的琉璃厂，曾经旧书店云集，当年我每周至少去那一次，有时候甚至去两到三次。被车载到老地方，我却发现当年鳞次栉比的古书店，都已经一扫而空。来熏阁主人陈济川，和我关系最好，现在原址入口处的玻璃门，已经被黑色木板门取代，连门牌号也换了。书店正对面就是荣宝斋文具店，生意看上去还不错，我走进去询问书友陈济川的消息时，却没有一个人能答得上来。后来才知道，他几年前就去世了。还有一个书友，是北边隆福寺书店街上的老店文奎堂主人赵殿成，他走得更早。当年多亏了他，我才能及时得知北京大学诸先生去世的消息。两位最要好的书友，多年音信不通，没想到竟已幽明永隔。[1]

1　吉川幸次郎：《乙卯訪中日録·旧居》，《吉川幸次郎全集》第 22 卷，第 474 页。

　　北京的书源日益减少，台北出版社的影印古籍大量涌入日本，填补了大陆书籍留下的空缺。直到八十年代改革开放以后，这种情况才渐渐扭转。

三

　　十年前来过东京的辛德勇先生曾经评价道："山本书店里有关中国的专业文史书籍非常丰富，只是价格极为昂贵，很少有价格能诱使你怦然心动的，所以，每次到店里来，更多地想看线装古籍，而不是现代学者的研究著述。"[1] 但可能是受最近十年来人民币币值变动的影响，我倒觉得山本书店除了线装书、日文精装书外，书价大多比较合理，个别台湾影印古籍甚至堪称低廉。

　　每次去神保町，我都要去山本书店逛逛。店里通常只有两位店员，一位老者长年坐在收银台前，背后挂满中国书画拓片。另一位年轻店员坐在里面的小桌子上，大部分时间在埋头读论文，看上去像是兼职的研究生。店里静如图书馆，除非主动要求，店员不会干涉客人在里面翻看什么书，让人感觉自在。

　　有一次买了广文书局本杨宾《柳边记略》、汲古书院影印和刻本黄六鸿《福惠全书》、古典研究会影印静嘉堂藏宋刻本《名公书判清明集》三本精装书后，去结账时，收银员从抽屉里抽出一张青

1　辛德勇：《东京书市买书记》，《读书与藏书之间（二集）》，北京：中华书局，2008年，第 71 页。

白双色包书纸，利落地包好递给我。回家拆封后，包装纸的印刷图案有些眼熟，查王昶《金石萃编》，果然就是山东武梁祠画像之第二石第四层"豫让舍身以报知己"。这些流落异域的汉学古书，躺在书架上静静等待被人带走，不就是"人生得一知己已足"么？

最具中国古风的，还数山本书店靠里摆满线装书的一面墙，一半和刻本，一半唐本。书架前四台沙发，一条黑漆书桌，方便顾客取下书后，放在上面细细展阅。几乎每部书算下来都要价一万人民币以上，我每次去也就过过眼瘾而已。一套康熙四十七年（1708）武英殿刊本的《御制清文鉴》，品相很好，价格七位数。一九六〇年代，京都大学教授田村实造（1904—1999）带着学生今西春秋、佐藤长研读这部书，就连当年的研究成果——一九六八年由京都大学内陆亚细亚研究所出版的《五体清文鉴译解》——也价格不菲了。

最贵重的书往往不在店内，而是直接送到拍卖会。二〇一五年三月，在"日本古书籍商协会（ABAJ）创立五十周年纪念国际稀觀本展销会"上，山本书店以近两亿日元的价格，拍出嘉定元年（1208）永州刊本《唐柳先生文集》，原书三十三卷，仅存卷十四至十八、卷二九至三二、《外集》及《后序》等。相同的本子静嘉堂文库也有，但仅存卷二九、三二残叶若干，《外集》二十九叶等[1]。在宋版书日益稀少的今天，这套书堪称稀世珍品。

据三代目山本实说，这套南宋嘉定年间刻本，是在二战刚结

1　户崎哲彦：《南宋永州刊『唐柳先生文集』三三卷本初攷》，《岛大言語文化》2015年第39卷，第1页。

山本书店内景

束时的混乱中，山本敬太郎从同行处买入的，它在书库里秘藏了半
个多世纪，避开了战后日本政府"文化财""国宝"等一系列文物
普查。该书原藏金泽文库，这是镰仓时代中期北条实时（1224—
1276）建立的一座私人图书馆，后下陵上替，子孙不能守，藏书
四散。买到过其中若干种的杨守敬曾云："日本收藏家除足利官学
外，以金泽文库为最古，当我元、明之间，今日流传宋本大半是其
所遗。"[1]

　　宋版《唐柳先生文集》递藏细节不明，据反町茂雄的回忆录，
入山本书店之前它曾是大阪武居家的旧藏。武居家族上世纪初经营

1　杨守敬：《日本访书志·日本访书志缘起》，第 28 页。

东洋纺织会社，往来于上海与大阪间经营进出口贸易，是二战前日本商界巨子，购买了不少东亚艺术品和古籍。战后家道中落，这部书也在一九四八年的拍卖会上转手：

> 《增广注释音辩唐柳先生集》宋版　五册　五〇〇〇日元
>
> 双边框，单叶十三行，行二十三字。"恒"字欠笔，第一卷卷首有乾道三年序。虽然是否宋版不好鉴定，但根据《邵亭知见传本书目》卷十二所记，与这部书行数、字数等描述皆一致。后入山本书店。[1]

乾道三年（1167）即南宋孝宗年间，"恒"字缺笔，是为避宋真宗的名讳。莫友芝《邵亭知见传本书目》记载此书道："宋刻本，题《增广注释音辩唐柳先生集》四十三卷，别集二卷，外集二卷，附录一卷。黑口，页二十六行，行二十三字，盖与《韩文考异》黑口同刻"[2]，行数、字数、黑口等信息皆符合。日本方面，浅野长祚《漱芳阁书画记》、森立之等《经籍访古志》、新见正路《赐芦书院储藏志》和《赐芦文库古笔目录》也都曾著录此书，行款、存卷等信息都与山本书店所出一致[3]，可确定其为南宋本。

此书历经九个世纪，但粘连尚在、虫蛀也少见，保存了南宋"蝴

1　反町茂雄：《一古書肆の思い出 3：古典籍の奔流横溢》，第 366 页。

2　莫友芝撰、傅增湘订补：《藏园订补邵亭知见传本书目》卷十二下《集部·别集类·中唐至五代》，北京：中华书局，2009 年，第 1026 页。

3　户崎哲彦：《南宋永州刊〈唐柳先生文集〉三三卷本初攷》，第 16—21 页。

蝶装"的原貌。一九四五至一九五〇年间，因为战后百业萧条，日本的古籍价格跌至谷底。反町茂雄记载那个时候五千日元只够买一本三省堂新版的《广辞林》，或者十瓶日本清酒。山本敬太郎独具只眼，以低价买入此书，过了半个多世纪才出手。

在二〇一五年的日本古书籍商协会展销会上，开出两亿元天价的却是一位中国买家。虽然这部《唐柳先生文集》本就是南宋舶来本，但最近七百多年都在日本国内流传，已经被日本人视如己出，有不少专家呼吁政府出面，阻止它流失国外。甚至有此书不保，则"日本文化将亡"的惊人之语。

此情此景，恍若百年前湖州陆心源皕宋楼十五万卷书被日本岩崎氏买走，收入静嘉堂文库时，中国士大夫如丧考妣的情景。只是这次剧本完全颠倒过来。但藏书终究不可死藏，深锁库房，虫蠹蚁蚀，岂不沦为无用之物？书的聚散流转，东渡西归，永远是难以预料的，而这，也恰好是旧书店之魅力所在。

播种者：岩波书店

多年以前日语还一窍不通时，偶入武汉大学图书馆外文书层，注意到几本精装日文书的背部刻着相同的椭圆浮雕：刚犁完的田亩上，一个戴草帽的农夫正在播种，他身体微微前倾，右手向后伸展，种子从指缝流出掉入田垄，身前的囊袋鼓鼓的，看上去还有不少工作要做。翻到书的扉页，便看到一枚"岩波书店寄赠"的方形朱文印章。

从一九四七年开始，岩波书店定期向北京大学、中央大学、武汉大学、中山大学、暨南大学五校赠书。中华人民共和国成立后，应中方要求，又向北京图书馆、东北师范大学追加赠送，一直未中断。我后来找到东京神田区靖国大道旁的岩波书店，惊讶于仅有一层门面，面积不超过两百平方米，与不远处的三省堂完全不能相提并论。几本素白封底、镶嵌桃红边纹的《岩波新书》，陈列在门口最显眼的位置。

一

开本小巧、价格低廉、言之有物的文库本，起源自德国雷克拉姆出版社（Reclam）推出的《世界文库》（Universal-Bibliothek），在日本被发扬光大，今天已经是该国销量最大的出版物类型。《岩波文库》《中公新书》和讲谈社《现代新书》三种，更是被称为"教养新书御三家"[1]。我从仙台走到广岛，沿途路过的大小书店，基本都能看到几架；坐地铁时，亦常常看到身穿黑白正装的上班族，通勤途中手捧一本。这种便于携带的书籍形式，虽然是在岩波那里达到极致，最早将它引进日本的，却是改造社社长山本实彦（1885—1952）。

据山本自述，大正十二年（1923）关东大地震结束后，他看到"东京的很多书籍都被烧毁，收集旧书变得十分困难。好书一般都被有钱人收去了，一般老百姓根本看不到"，决定出版一日元书打破这种书籍垄断，这就是《现代日本文学全集》。没想到丛书问世后，大受读者欢迎，"可以说是天翻地覆之举，整个出版界都为之震惊"[2]。

山本实彦趁热打铁，接着推出《改造文库》，分社会、经济、政治、哲学、思想、历史、文学、艺术、美术九大类，统一采用四十开灰色布面精装，排版细密，通过这种方式降低印刷成本。山本成功后，

1 "御三家"原本指江户时期德川将军家地位最高、最有力的三位大名，即尾张德川家、纪州德川家、水户德川家。
2 小林勇著，张伟龄、袁勇译：《一本之道》，北京：生活·读书·新知三联书店，2015年，第58页。

各路书商随之一拥而上，粗制滥造的"一元本"迅速充斥大街小巷。

几年之后，报人宫武外骨（1867—1955）刊印名为《一元本流行之危害及其内幕》的小册子，猛批文库本泛滥的出版界。这本五十八页的小册子，自序写道：

> 本书作者虽然事务繁忙，但对于当下一日元书的流行，绝不能坐视不理。必须就其危害广而告之，以期读书界之进步、出版界之改弦易辙。作者这么做，今后不免受到一日元书出版社的怨恨和憎恶，甚至还可能遭到打击报复。须知凡人为了生存，皆多少有趋利避害之天性，更何况作者尚负国家事务耶。故此书之评论，多少有不深刻、不彻底之嫌，不得不避开细节描述，更多地采用抽象、暗示之笔法。此举虽不免懦弱，但鉴于那些因刊载一日元书大幅广告而获利的各家报纸、平时卖文为生、遇事则虚与委蛇的小作家们，以及有各种理由的杂志社及评论家中，没有一位志士愿意针砭时弊，那么奋而发声的作者，光凭其勇气，就应受到世人之认可。[1]

宫武外骨原名龟四郎，十七岁时改名"外骨"，自号"半狂堂主人"，以言论火爆而名扬新闻界。一八八九年，他因在自办的《顿智协会杂志》中讽刺《大日本帝国宪法》而被收监，判三年徒刑。出狱之后狷狂之性有增无减，继续在《滑稽新闻》上针砭时弊。写

1　冈野他家夫：《新聞雑誌と宮田外骨》，《日本古書通信》1961 年第 209 号，第 6 页。

这本小册子的时候,他正被东京帝国大学"明治文库"聘为事务主任,负责收集明治时代全国各地的新闻杂志,故文中有"作者尚负国家事务"之语。

虽然"一元本"受到了犀利的批判,但作为改造社的主要竞争对手,岩波茂雄（1881—1946）还是于一九二七年七月推出《岩波文库》与之抗衡。半年下来出版三十多种,包括《万叶集》《古事记》《战争与和平》《国富论（上卷）》《科学与方法》《实践理性批判》等。在发刊词《致读书人》里,岩波雄心勃勃地写道,"真理自身愿意被千万人所追求,艺术自身被千万人所爱戴",但过去总有人为了愚民,将两者禁锢于牢笼中,这套丛书的期望,就是脱离学究的立场,摆脱古典的限制,将"独具生命的不朽之书从少数人的书斋和研究室中解放出来,与街头大众相伴……以此为社会提供人人皆需的生命提升之资料、生活评判之原理"[1]。

在岩波看来,学术和古典"与街头大众相伴"的程度,是一个国家文化水平的终极指标。发刊词令人想起黑格尔在柏林大学的著名演讲:"人应尊敬他自己,并应自视能配得上最高尚的东西。精神的伟大和力量是不可以低估和小视的。那隐蔽着的宇宙本质自身并没有力量足以抗拒求知的勇气。对于勇毅的求知者,它只能揭开它的秘密,将它的财富和奥妙公开给他,让他享受。"[2] 若考

1　岩波茂雄:《読書子に寄す——岩波文庫発刊に際して》,载罗曼·罗兰著,片山敏彦译:《愛と死との戯れ》,东京:岩波书店,1927年,第142页。

2　《黑格尔对听众的致辞》,载黑格尔著,贺麟译:《小逻辑》,北京:商务印书馆,2009年,第35页。

岩波文库本《芭蕉七部集》

虑到岩波茂雄大学时读哲学专业，化用的痕迹就更明显了。这种德国式的"教化"（Bildung）理念，让《岩波文库》在当时文库本的大混战中脱颖而出。

日本的风潮也影响到了中华民国。一九三五年八月上海《申报》发表王慈《日本出版界的文库化》，介绍《改造文库》和《岩波文库》：

> 以上两种文库，闻其年销数每册均在一万以上，与国内出版物比较起来，实有天壤之别。考其原因，是在："内容丰富，小巧经济"。例如最近《岩波文库》发行的鲁迅选集（佐藤春夫，增田涉合译，本年六月十五日刊出），内有《孔乙己》《风波》《故乡》《阿Q正传》《鸭的喜剧》《石碱》《高先生》《孤独者》《藤野先生》《魏晋文学上海文艺一瞥》《鲁迅传》等十三篇，约廿万余字(二七八面)，

而其售价仅四十钱（约合国币三角）。倘在中国购买，则既要买《呐喊》，又要买《彷徨》，就此二册的售价，已在一圆以上；这样一比，怎能不使购买者骇而咋舌？中国出版界即无经济崩溃原因，亦那得不衰颓下去？希望国内出版家对于日本出版界的趋向文库化，有所借镜。[1]

当时的中国出版界已有上海商务印书馆王云五（1888—1979）出版的《万有文库》，也主打便携与廉价，"以人生必要的学识，灌输于一般读"[2]，自一九二九年问世到抗战全面爆发中断，总共出版了四千多种。但浏览《万有文库》目录，便可知它还是以传统四部要籍的排印本居多，校勘质量也不如人意。

《岩波文库》主打新知，如京都学派田边元（1885—1962）的哲学著作、河上肇（1879—1946）与宫川实（1896—1985）翻译的《资本论》等。大部分撰稿人要么是东大、京大的教员，要么是各领域的学术新锐。岩波茂雄虽然没有发明文库本，却重新定义了它：比起小开本、廉价这些表面特征，其精髓毋宁说在于启蒙，在于打破学术界与普罗大众之间的隔阂。直到今天，日本出版界还流行着这么一句话："大众文化找讲谈社，高级文化找岩波。"

1　上海《申报》，1935 年 8 月 17 日，第 18 版。
2　《万有文库第二集编辑凡例》，载王云五等编辑：《万有文库第二集目录》，上海：商务印书馆，1934 年，第 1 页。

二

岩波茂雄与鲁迅同年，一八八一年出生于长野县诹访的殷实农家。长野县古称信州，位处本州岛中部，远离海岸线，境内高山连绵，农业发达，民风淳朴，环境却相对闭塞。

上世纪五十年代，深泽七郎曾以信州为背景，创作了《楢山节考》，八十年代初被导演今村昌平搬上银幕。电影中的"前村"风光秀美，无奈山多田少，天地不仁，春天蛇吞鼠，冬天鼠吃蛇。粮食实在匮乏，为控制人口，常有新生儿被溺死在稻田里，一户人家中只有老大有资格娶妻，其他男丁只能打光棍。当地有一风俗，家中老人若过了七十岁还活着，须在生日那天由长子背着上楢山，弃置在山顶遍布骷髅的万人坑中，直至死亡降临……

电影色调灰暗，几乎令人毛骨悚然，虽然不免虚构和夸张，但可以确定的是在岩波出生时，明治维新风潮还未能触及这一内陆地区。十六岁时，岩波离开家乡去京都、九州等地旅行，二十多天后回来时，村民见了他都大吃一惊。"据说，在当时的诹访，几乎没人去过鹿儿岛。如果岩波再去琉球，那就可能不仅仅是吃惊了。"[1] 同学安倍能成（1883—1966）后来在《岩波茂雄传》中这样写道。

这正是日本在甲午战争中战胜，国民意识高涨之时。看过外面的世界后，岩波不愿在家乡待下去了。一八九八年，他莽撞地给日本中学校长杉浦重刚（1855—1924）写信，希望校长能收他为"学

---

[1] 安倍能成：《岩波茂雄傳》，东京：岩波书店，1957 年，第 23 页。

仆"。杉浦是著名国粹主义者，曾与三宅雪岭（1860—1945）、志贺
重昂（1863—1927）等人创办《日本人》杂志，主张保存和式传统，
反对崇洋媚外，是文化界的名人。出人意料的是，这封信居然得到
了杉浦的回复，毫无背景的少年岩波就这样踏上了进京之路。

从日本中学毕业后，岩波参加了两次第一高等学校的入学考试，
一九〇一年九月终于得以入学。一高即现在东京大学教养学部，当
年是东京帝国大学的预备校，考进这所"重点高中"，就等于半只
脚踏进了帝大。由于地位特殊，一高在当时网罗了日本各地最优秀
的学生，还有中国留学生。民国政府与日本政府有协议，凡是考入
一高、东京高等工业、东京高等师范等五所学校的留学生，中国方
面皆给予官费生待遇[1]。

一高校规严格，学生无论贵贱必须住在学校宿舍里，实行俗
称"笼城主义"的全寮制。与世隔绝的青年学子们相互激励，形成
了一种国家主义、精英主义至上，有几分排他自大的校风。其"寮
歌"唱道："浮华小巷，看起来多么渺小……在浑浊的海洋中漂泊
的国民啊，由我们来拯救。"[2]曾就读于一高预科的浙江籍学生罗宗洛
（1898—1978）回忆："一高学生的作风，以朴素豪迈著名。学生都
是衣冠不整，在大街昂首阔步，高声歌唱，旁若无人。晚间半夜三更，
假装酒醉，以所穿木屐殴打警察。"[3]

---

1 《罗宗洛回忆录》，载李东华、杨宗霖编校：《罗宗洛校长与台大相关史料集》，台北：
   台湾大学出版中心，2007 年，第 50 页。
2 陆一：《教养与文明：日本通识教育小史》，北京：生活·读书·新知三联书店，2012 年，
   第 46 页。
3 《罗宗洛回忆录》，第 55 页。

岩波高中期间最重要的事件，是一九〇三年五月二十二日一高同学藤村操（1886—1903）跳日光华严瀑布自杀。此事件当时在日本引发热议，不但媒体大量报道，还有不少苦闷的年轻人来到事发现场，有人凭吊，有人效仿——四年内在此试图自杀的青年达一百八十五人。藤村操出身高贵，是北海道屯田银行总裁之子，著名东洋史学家那珂通世（1851—1908）的外甥，其轻生动机耐人寻味。跳崖前他削平瀑布旁边的一棵大楢树，写下了著名的《岩头之感》：

> 悠悠哉天壤，辽辽哉古今，欲以五尺微躯谋求偌大之物，赫雷修[1]的哲学竟值何权威？万物之真相，唯一言以蔽之，曰"不可解"。我怀此恨，烦闷终至决死。立于此岩头，心中并无些许不安，始知大悲与大乐一致矣。[2]

十八岁少年"不可解"之死，被称为"哲学之自杀"。据同学回忆，岩波"受到藤村自杀的刺激，在东片町的寓所读《岩头之感》，与林、渡边一起恸哭"。后来他还与同伴一起去藤村自杀之地，"一会儿从瀑布底向上看，一会儿又从瀑口向下看，不肯离去。他还对宫坂说，死在瀑布也在所不惜……只是想到家乡的母亲，便无法赴死"。

受此影响，岩波变成了明治末年典型的"烦闷青年"。这类人受过良好教育，自我期许甚高，但看着国家右转、社会腐坏无能为力，

1　案，即哈姆雷特。
2　安倍能成：《岩波茂雄傳》，第61—63 页。

岩头之感

最后诉诸个人叛逆，每天以怀疑甚至冷漠的眼光审视自己以及周遭的一切。在一高的最后时光里，岩波已经无法继续学业，他亲近基督教，把自己关在房间里反复阅读《圣经》，并参加基督教思想家内村鉴三的讲座，上课次数则越来越少[1]。

岩波离开一高，更确切地说，两次考试不通过被除名后，考入东京大学哲学系专科（当时的学制把专科生称为"选修生"，与正式录取的"正科生"有所不同）。在东大四年间，经好友介绍，他参加了东大教师夏目漱石（1867—1916）组织的"木曜会"活动，与夏目结缘。一九〇九年三月毕业后，岩波赴神田高等女校任教，

1　安倍能成：《岩波茂雄傳》，第61—63页。

在女校任教的四年里兢兢业业，以至于他去世多年后，每逢忌日做法事时，还有当年教过、已经白发苍苍的学生出席。辞职的原因据他自己说，除了不满意学校的办学方针外，还有"我这个连信仰也没有的人，应离开除误人子弟之外别无他能的教育界"[1]。

在女校为他举办的惜别仪式结束后，岩波立即拉着板车去旧书市场进货了。三十二岁那年，在困兽般地与"藤村操之问"搏斗多年后，他终于想明白了自己究竟要干什么。教师经历虽然时间不长，却从根本上影响了岩波的出版理念，其精髓一言以蔽之，曰"教养至上"。员工小林勇（1903—1981）回忆，书店店员一般都管店主叫"主人"，唯独他们管岩波茂雄叫"先生"。在日本，通常只有教师、律师和议员三类人才能担此尊称，"这是因为岩波在经营旧书店前在女子学校当过老师，大家自然而然地就那么叫了"[2]。

一九一三年即岩波书店筹备开业那年，发生了神田大火，被烧毁的古书店尚文堂重建时多盖了一家店出租，地址在神保町十六番地，靠近十字路口，位置极佳，依靠同乡关系，岩波幸运地拿下这片店面。八月五日书店开张，在亲自执笔的致词中，岩波写道："生活要朴素，情操要高尚。头顶浩瀚星空，道德律在我心中。"[3]

秉持着这种康德式的理念，岩波书店率先实行旧书定价制，谢绝讨价还价，这在当时不仅对整个东京，对整个日本古书界传统而言也是颠覆。在岩波看来，这仅仅是践行康德哲学、诚实经商的第

1　安倍能成：《岩波茂雄传》，第 113 页。
2　小林勇著，张伟龄、袁勇译：《一本之道》，第 29 页。
3　安倍能成：《岩波茂雄传》，第 121 页。

夏目漱石《心》大正七年岩波书店重印本

一步：“旧书按标价出售基于一种信念，即对于人来说，无伪的生活或许是不可能的，可对无伪、真实生活的欲求，是潜存于我们意识里的真实，是盘横在我们心中至深至高的诉求。”[1]以康德之道经商，岩波可以说是古今第一人。

由于信用度高，岩波书店在开业第二年获得了“台湾总督府图书馆”一万日元的图书采购权，后来又为日比谷图书馆提供新刊书籍，生意顺风顺水。同一年，岩波茂雄出版了夏目漱石的小说《心》，在出版界一战成名。两年后夏目去世，他又承担了《漱石全集》的出版工作，由于编辑质量高，全集前两版的预订数达到一万多部。

1　安倍能成：《岩波茂雄傳》，第122页。

三

一九二〇年小林勇去岩波书店应聘时，对老板的第一印象着实一般。那年岩波已经是个微胖的中年人，急性子、事业有成，刚风尘仆仆地从外地出差回来，一坐下问题就像连珠炮似的一个接着一个。夸完小林成绩不错后，他忽然说如果想赚钱的话，来这里算是错了，应该去附近的三省堂或者东京堂碰碰运气。只有十七岁、同是信州人的小林听了这番话，有些生气地顶了回去：

"谁说我想赚钱的？"

老板的回答也很痛快："不好意思，失礼了！明天你就来上班吧！"[1]

创业初期，岩波喜欢从小学毕业生中录用员工，只有文字要求高的校对工作才雇成年人。这些稚气未脱的员工和老板同吃同住，犹如大家庭。小林回忆："刚进店的时候，我的月薪是二点五日元，第二年涨到了三点五日元。除此之外，衣食住的费用、夜校的学费、洗浴费、理发费等都由店里承担……工作很是繁忙，我们从早干到晚，有时还要加夜班，即使如此，大家也毫无怨言。"[2]

随着店员人数的逐渐增多、平均年龄的增长，这种田园牧歌似的平等氛围悄然改变。一九二〇年代末日本经济不景气，左派工人运动活跃。先后成年的员工对薪资待遇的不满开始积淀，岩波书店

1　小林勇：《惜櫟荘主人——一つの岩波茂雄伝》，东京：岩波书店，1962 年，第 4 页。
2　小林勇著，张伟龄、袁勇译：《一本之道》，第 29 页。

的雇佣关系像保险丝渐趋熔断的边缘。

一九二八年三月初，神保町旧书街爆发罢工。十二日，八十名岩波书店员工召开从业员大会，讨论通过《吾人的要求》这一文件，向老板提出涨薪三成以上、支付加班费、干部公选在内的十项要求[1]。此事件乃日本全国左翼运动的一部分，最终引发了政府的强硬干涉：三月十五日开始，警察以违反治安维持法为理由，逮捕了一千六百多名"共产党关系者"；东大新人会、京大社会科学研究会两个左倾社团被勒令解散；国立大学的激进教授遭免职，包括《资本论》的译者河上肇，他后来还因加入共产党而锒铛入狱。连番铁腕打击之下，岩波书店的罢工也草草收场。

罢工结束后，岩波茂雄向店员让步，彻底废除学徒工制度、实物报酬制度，改善宿舍，增加员工薪水。但受运动影响，当年的书籍严重滞销，出现了五万多日元赤字。在风波中受到同事排挤的小林勇也心灰意冷，不愿再在店里待下去，提出了辞呈。

虽然心中不愿意，岩波茂雄还是给了他两千五百日元的丰厚退职金，小林决定"用五百元来维持生计，剩下来的两千元用来开办事业"[2]。一九二九年，铁塔书院正式成立，得来于天竺人龙树菩萨从铁塔中取出《法华经》的典故，与岩波书店的播种者遥相呼应。

铁塔书院的政治主张明显左倾，但日本的出版物审查制度也在日益收紧，不论任何书籍或刊物，出版前两天必须将样书给内务

1　红野谦介：《物語 岩波書店百年史 1："教養"の誕生》，东京：岩波书店，2013 年，第 284 页。

2　小林勇：《惜櫟莊主人——一つの岩波茂雄伝》，第 128 页。

省警保局图书课备案、审查。小林勇沮丧地发现，在铁塔书院每年三十多种出版物中，被当局盯上的越来越多。他左思右想，悟出唯有启蒙性读物既能兼顾市场的同时，又能通过官方审查。在出版《铁塔科学丛书》过程中，小林发现自己在负气出走、绕了一个大圈后，又回到岩波书店文库本的套路中去了。

"卖不完被退货的部分逐渐增多，家里摆满了退回的书籍，到月底有时连支付成本的钱都交不出"，单打独斗多年后，小林勇终于体会到"对于出版社来说，完善的经营是何等重要"[1]，很多问题不是光凭一腔热血就能解决的。一九三四年，阔别六年后，小林勇以迎娶岩波茂雄次女小百合为契机回归岩波书店，一直待到六十九岁退休。

明治维新的文明开化已经走到了反面，日本全国卷入战争机器中。一九四〇年，岩波茂雄差点遭到牢狱之灾：由于东京大学法学部讲师津田左右吉（1873—1961）的《〈古事记〉及〈日本书纪〉的研究》《中国思想与日本》《神代史的研究》《日本上代史研究》四本书遭人举报宣传"虚无主义"，挑战了日本天皇的合法性，作者津田与出版者岩波一同遭到东京地方检视局"思想部长"的起诉。

被起诉次日，岩波在热海购买土地、建造房产，准备调养身体，为入狱作准备，这就是著名的惜栎庄。热海一带风景秀丽，是疗养胜地，而且离东京也不远，小说家谷崎润一郎（1886—1965）、永

1　小林勇著，张伟龄、袁勇译：《一本之道》，第89页。

井荷风（1879—1959）等人，都选择在这里建造别墅。惜栎庄由著名设计师吉田五十八（1894—1974）设计，不惜成本，采用欧洲进口的原料修建，是当时首屈一指的豪宅，刚完工照片就刊载于《建筑世界》杂志。

津田事件挑动的，是日本知识界对于言论自由的敏感神经，他们毅然发起联署，声援津田以及遭到连坐的岩波[1]。迫于舆论压力，公审后东京地方刑事裁判所决定判津田监禁三个月、岩波监禁两个月。不服判决的两人继续上诉，津田还就判决书的措辞问题、行文态度不正、冒犯皇室尊严、多次重印这四项"主要罪名"逐一反驳，洋洋洒洒写了近十万字的控诉状[2]，最后两人又获得缓刑。

岩波幸免于圜扉之厄，小林勇就没那么幸运了。还在铁塔书院时期，他就与三木清（1897—1945）、羽仁五郎（1901—1983）等马克思主义者密切接触，出版了大量左派书刊。当年介绍他进岩波书店的长兄，甚至与之绝交。一九四五年五月九日，小林遭到秋后算账，他被警署逮捕入狱后，"从第二天开始，每天都用刑，刑警有两人，他们好像在互相比试着，看谁来得更狠"[3]。严刑拷打持续了三个多月，直到日本战败，盟军登陆后，遍体鳞伤的他才重获自由。

1　岩波书店编集部：《岩波茂雄への手紙·津田左右吉》，东京：岩波书店，2003 年，第 157—160 页。

2　津田左右吉：《出版法違反事件関係文書·控訴の理由》，《津田左右吉全集》第 24 卷，东京：岩波书店，1965 年，第 381—493 页。

3　小林勇著，张伟龄、袁勇译：《一本之道》，第 128 页。

很多人没能熬过战争最后一年。先是岩波茂雄长子、毕业于东大物理系的雄一郎（1916—1945）死于肺结核[1]，接着三木清瘐死狱中，尸体被发现时长满了疥癣[2]。岩波茂雄因为丧子之痛和过度劳累脑溢血发作，在惜栎庄静养了大半年后，于一九四六年四月撒手西去，葬在北镰仓东庆寺哲学家西田几多郎的旁边。次子岩波雄二郎（1919—2007）接任店长后，为避免日后因男丁不继而出现继承危机，一九四九年决定将书店由家族企业改为株式会社。

四

神保町一带，聚集了明治大学、中央大学、法政大学等高校，自创业以来，岩波书店就有不少中国留学生光顾，他们除了带来销售业绩外，也带来了小林勇口中的"南京虫"，即臭虫[3]。但岩波茂雄始终认为："日本从中国那里，得到不少恩惠。离开了中国文化，日本文化根本就无从谈起。我们从中国学来的地方实在太多了，举例来说，正仓院里一半的宝物，大部分就都不是我们日本的。"[4]

1　小林勇：《惜櫟莊主人——一つの岩波茂雄伝》，第242—245、328 页。案，岩波雄一郎之死，颇为蹊跷，二战期间日军征兵，通常不征大学生，尤其不征学习理工科之大学生，并且一般放过家中长子（长子要继承家业）。当时雄一郎已经在东京芝浦电器制作所研究所工作，但还是被强行征召，并在军中身心受到严重摧残，一病不起。这可能是军方对出版马克思《资本论》等多部违禁书籍的岩波茂雄之变相打击报复。

2　饭田泰三：《岩波茂雄と"岩波文化"の時代》，载《岩波茂雄への手紙》，第330 页。

3　小林勇：《惜櫟莊主人——一つの岩波茂雄伝》，第18 页。

4　安倍能成：《岩波茂雄傳》，第365 页。

最初岩波茂雄明确反对日本侵华，但随着战事进行，他也发表过支持天皇的声明，还意外发了战争财。一九三八年一月，即战争爆发半年多后，岩波书店由小林勇、三木清等人策划推出了新的文库本系列《岩波新书》，发刊词仍由岩波亲自撰写，他在文中痛批日本当下"严重缺乏批判精神与良心行动，谄媚权势、阿谀奉承之风盛行。以偏狭之思想，排挤进步忠诚之士；以国策之名义，钳制言论自由，使民意不得畅达。此番情景，让我等愿对文化昂扬尽微力之人，感到忧心忡忡"[1]。

讽刺的是，在各地征战的日本士兵，最钟爱小巧有趣的《岩波新书》。武者小路实笃的《人生论》、铃木大拙《禅与日本文化》、斋藤茂吉《万叶秀歌》、中野好夫《阿拉伯的劳伦斯》、小仓金之助《日本的数学》等文库本，几乎和粮食、衣物、太阳旗等并列，成了恤军必需品。丛书的平均销量达到惊人的八九十万册。

一九三八年，一名年轻士兵死于江西省日军野战医院，在他的背囊中找到几册沾血的《岩波文库》，以及一封题为《愿成为热爱学问与艺术之人》的遗书。经过媒体报道，查明死者名为太田庆一（1912—1938），东京人，毕业于一高和东大，曾任职于研究机构，入伍才一年多。据同班同学回忆，太田在大学时代痴迷康德《纯粹理性批判》，爱买《岩波文库》，几乎每天能读完一册。

得知此事后岩波茂雄力排众议，一九四〇年十月将这位"知识分子勇士"的从军日记整理出版。《太田伍长的军中手记》很快成

1　小林勇：《惜櫟荘主人——一つの岩波茂雄伝》，第 221 页。

为热点话题，引发全国知识阶层关于"战争与和平"、"读书与报国"问题的大讨论，有人质疑岩波此举客观上有鼓吹战争之嫌，背离了文库本的启蒙初衷[1]。那年年底，岩波书店又响应政府出版报国号召，向陆军恤兵部捐赠了十万册《岩波新书》，超过了《改造文库》的两万五千册和《新潮文库》的五万册。

但同时，在郭沫若一九三七年七月二十五日未告知妻儿便回国抗战后[2]，岩波茂雄得到田中庆太郎转告的消息，立即赶到郭在市川的家里，许诺负责郭妻安娜和五个孩子的起居，后来郭家孩子大学毕业前的全部费用，全部由岩波承担。一九五五年，郭沫若以中国科学院院长的身份回到日本时岩波茂雄已经去世，郭氏赠其子岩波雄二郎诗一首：

> 生前未遂识荆愿，逝后空余挂剑情。
> 为祈和平三脱帽，望将冥福裕后昆。[3]

郭沫若在日本期间虽曾光顾神田的岩波书店，但与店主应该并无私交，如何解释岩波茂雄的慷慨解囊呢？

小林勇认为，岩波茂雄资助郭沫若一家，除了文求堂主人田中

1　佐藤卓己：《物語 岩波書店百年史 2："教育"の時代》，东京：岩波书店，2013 年，第 156—181 页。

2　郭沫若：《革命春秋》，第 417 页。

3　内山完造：《一九四六年より一九五九年まで・郭先生のお供をして》，《花甲録》，东京：岩波书店，1960 年，第 387 页；小林勇：《惜櫟莊主人———一つの岩波茂雄伝》，第 212 页。

庆太郎的居间斡旋以外，还因为岩波之前就读过郭氏发表在日本学术刊物上的文章，钦佩其学问。另外一个可能性是，岩波茂雄早已看出中日两国作为近邻，不可能始终处于战争状态。这位商人是在以自己的方式，为战后两国的和解铺路。

　　一九四七年五月岩波茂雄去世一年后，从日本开往上海的"飞星号"上，搭载了岩波书店赠给中国的一万多册书籍[1]，这是战争后首批运往中国的日本图书。翌年第二批赠书又寄出，其中国立武汉大学分得津田左右吉《儒教的实践道德》、寺田寅彦《地球物理学》、斋藤秀三《英和中辞典》等近一百种[2]。播种者的工作，还在继续。

1　上海《申报》，1947 年 3 月 14 日，第 2 版。

2　《岩波书店第二期赠书目录》，《国立武汉大学周刊》1948 年第 379 期（7 月 31 日），第 7—8 页。

东京上海双城记：内山书店

在寸土寸金的东京都，古书店大多偏居一隅，店面宽敞的屈指可数，坐拥一整栋大厦的，数遍整个神保町，恐怕就只有一诚堂书店和内山书店了。在名为内山大厦的三层店面中，一楼和二楼出售大陆、港台地区和日本的新书，种类齐全，更新速率也很快。坐电梯直达三楼古书部，却发现里面古书着实不多，仅有的几十部线装书，也多是八十年代后的新印古籍，和多有明清甚至宋元刻本、存货深不见底的山本书店、琳琅阁书店，根本不能相提并论。

内山书店在中国知名，原因当然是鲁迅。可惜当年位于上海北四川路魏盛里、后迁至施高塔路11号的内山书店，早就在日本战败翌月关门歇业，不复存在。内山完造（1885—1959）一开始没有打算离开上海，甚至不顾混乱局势，试图在义丰里的自宅重新开业售书，硬撑到一九四七年十二月八日，国民政府上门查封店面，书籍悉数由"中央图书馆"接收，完造被遣返回国——回国邮轮上的他身无分文，爱妻亦病逝，三十多年的中国岁月，宛如黄粱一梦。

一

东京的内山书店，由内山完造之弟内山嘉吉（1900—1984）一九三五年于世田谷创办，一九六八年迁至神保町现地址。嘉吉比完造小十五岁，由于三岁时就被过继给叔父家，远赴四国岛香川县生活，两兄弟关系最初并不密切。为弥补这一缺憾，一九二七年起，完造几乎每年都邀请弟弟来上海过暑假，嘉吉在书店里倾听兄嫂与顾客谈话，偶尔插几句话，因而认识鲁迅、郁达夫、郑伯奇等左翼文人。

一九三一年夏天，嘉吉已经在东京成城学园小学部担任美术教师，一边教授工艺美术，一边研究木刻。正好当时鲁迅受柔石等"朋辈成新鬼"的刺激，开始嗜好木刻版画，认为其成本低廉，顷刻能办，风格刚健，更利于革命宣传。"西欧各国，近数十年的木刻复兴运动，是小资产层的艺术家掀起来的，但是我们要客观地把它变成大众革命的武器。"[1]鲁迅说道："人是进化的长索子上的一个环，木刻和其他的艺术也一样，它在这长路上尽着环子的任务，助成奋斗，向上，美化的诸种行动。"[2]

某次谈话中，嘉吉向鲁迅提到自己可以教一些版画入门方面的知识。于是从八月十七日到二十二日，嘉吉每天上午在长春路白鹅画社为上海"版画讲习会"的十三位中国学员传授技法，包括起稿、用刀、拓印、套版等，酬劳是珂勒惠支《织工起义》六枚。这六天里，

1　陈烟桥：《鲁迅与木刻》，上海：开明书店，1949 年，第 1、3 页。

2　《鲁迅全集》第 13 卷《书信·致唐英伟》，第 494 页。

珂勒惠支《织工起义》（鲁迅赠内山嘉吉）

鲁迅亲自担任翻译，还主讲了"日本的浮世绘""英国的木刻""凯绥·珂勒惠支的铜版画《农民战争》"等课程，作为补充。[1]

　　但这十三位被寄予厚望的年轻版画家，后来发展如何呢？一九七二年，内山嘉吉给鲁迅之子周海婴（1929—2011）写信，询问老学生们的现况，方才得知：

1　《鲁迅全集》第16卷《日记》，第265页。

　　包括已经不知下落的胡仲明、顾鸿干两君和死者五人，共有七位断绝了消息。在死者五人中的郑川谷，是在抗日战争中惨死于长江的航轮上，而其他四人都是在离开美术学校前后病死的。就讲习会期间我所留下的印象来说，那时的十三人都是处境贫寒，面有菜色。然而他们都是眼中闪烁着中国革命和中国解放热情，在食不果腹的贫穷中，热衷于版画创作的。倪焕之、李岫石、苗勃然、郑启凡等人的面影浮现在我的记忆中，不尽思绪万千。

　　十三人中的陈铁耕君，据周海婴先生的报告，是健在的。但是后据李桦及其它方面的消息，知道他已在 1969 年冬去世了。我 1956 年夏季访问中国，在沈阳遇到张望的时候，就想和他一晤的，但在旅程中竟没有机会相见。[1]

　　鲁迅期待版画讲习会能像播种机一样，"造出大群的新战士"[2]，因为"要有茂林嘉卉，却非先有这萌芽不可"[3]，然而这批学生一走出内山书店，迎面而来的却是贫穷与战争，"一半四散，一半坐牢，因此亦无发展"[4]。鲁迅并没有料到这点，一九三二年嘉吉携妻片山松藻（内山完造的养女）回国时，他还特意手书后蜀欧阳炯之词相赠，曰："洞口谁家？木兰船系木兰花。红袖女郎相引去，游南浦，

1　内山嘉吉、奈良和夫著，韩宗琦译：《鲁迅与木刻》，北京：人民美术出版社，1985 年，第 67 页。

2　《鲁迅全集》第 4 卷《二心集·对于左翼作家联盟的意见》，第 241 页。

3　《鲁迅全集》第 8 卷《集外集拾遗补编·〈无名木刻集〉序》，第 406 页。

4　《鲁迅全集》第 14 卷《书信·致内山嘉吉》，第 244 页。

笑倚春风相对语。"此后双方仍保持书信往来，鲁迅曾赠予嘉吉《麦绥莱勒木刻画选》《北平笺谱》，嘉吉则报以日式甜点等物。

回日本三年后，内山嘉吉辞去教职，创立东京内山书店，专售当代中国出版物。他效仿哥哥完造以学生为主要顾客的经营策略，店址最初选在祖师谷大藏车站附近，这里是东京中国留学生的聚居区。同样与上海内山书店相似的是，嘉吉与日本左派作家保持密切关系，竹内好、小野忍、冈崎俊夫等人，都是店里的常客。

完造和嘉吉兄弟，一个在中国卖日本书，一个在日本卖中国书，犹如两翼颉颃。战后虽顿失一翼，但因为与鲁迅的特殊关系，一九四九年后东京内山书店备受中国政府关照，店名也是郭沫若——上海内山书店的另一位常客——所题。内山完造自己也枯木逢春，相继担任日中贸易促进会代表、日中友好协会理事长等要职，并发起"中国漫谈"全国巡回讲演，演讲八百多场，遍至九州和北海道。一九五九年受邀访华时，他在北京的一次晚宴上突发脑溢血不治，被葬在上海万国公墓，终于与妻子团聚。

二

一八八五年出生于冈山县的内山完造，早年和书之间没有任何缘分。他小学四年级时便辍学，赴大阪大塚商店当学徒工。完造之父内山贤太郎是当地村长，算有钱有势，此举绝非家庭经济所迫。据完造自己所说，他出走纯粹是"为了反抗在家中只有父亲才能吃白米饭，其他人都只能吃半麦饭的压迫。因为如果去大阪工作的话，

每天就能够三餐吃白米饭了。所以我决定远走高飞，业若不成死
不还"[1]。

"白米饭出走论"乍看略可笑，但完造反权威的人格特质已经
成型。刚到大阪时，因为能够自食其力，加上连早饭都能享用到梦
寐以求的白米饭和味噌汤，他觉得天天都在过节，工作也非常卖
力。但几年后，叛逆的他因为带头要求店长改善员工待遇而被解雇。
十六岁那年，走投无路的完造被迫还乡，向父亲借了五十日元后又
义无反顾地回到大阪，成为眼药水生产企业"参天堂"的一名员工。

青年时代，困顿的内山完造一度沉迷于运命学，"四柱推命、
墨色、方位、方角、人相、家相、手相、姓名判断、八卦等等，几
乎什么都信"[2]。后来因为受基督教思想家内村鉴三（1861—1930）的
感化，渐渐转变成为一名基督徒。基督教特有的超世俗、同情弱者
色彩，后来贯穿了完造的一生，成为其不易的底色。

在长达半个多世纪的时间里，中国人可能都误解内山完造了：
他在书店二楼，屡次不计安危地庇护中国左翼联盟的成员，并不是
因为他立场偏左、同情革命，更不是因为倾向共产主义，相反这只
是基督教博爱、反暴力、反权威精神的体现。出于悲天悯人的性
格，内山书店不但允许穷知识分子欠书债，对窃书贼也睁一只眼闭
一只眼："现在先偷，等以后手头宽裕了再付款，不是跟借钱一样
的嘛。"[3]

1　内山完造：《花甲録》，第 9 页。

2　内山完造：《花甲録》，第 22 页。

3　内山完造：《花甲録》，第 98 页。

上海内山书店外景

　　内山书店位于公共租界内北四川路魏盛里，电车终点站附近的一栋石库门建筑。当年这里是日本人的聚居区，有日语学校、福民医院等建筑，书店最初的顾客是日侨基督徒，渐渐扩展到正金、三菱、三井等日资银行的员工，后来以上海东亚同文书院的学生为主。以培养中国通为目标的东亚同文书院，其每届学生在毕业之前，都要在中国境内进行"夏季大旅行"，选取一处撰写调查报告。这些报告内容涉及金融、民生、地理等方方面面，涵盖中国沿海、内地及边疆，可以与著名的"南满洲铁道株式会社调查"相媲美。

　　内山完造自己也经常在中国游历。从其回忆录《花甲录》中可见，最初他对中国底层的印象并不好。与芥川龙之介、内藤湖南、冈千仞等日本游客一样，他很是反感中国人的"不洁"，如上海饮水状况之恶劣、绍兴民居之肮脏，等等。偶尔他还会在文中议论中日两国的国民性，诸如："日本人的思维偏抽象，中国人的思维偏具体。中国人易冷易热，情绪起伏变化之快，犹如线香花火。"[1]

虽然没有来得及读到《花甲录》，但对完造《一个日本人的中国观》里的类似评论，鲁迅的评价是："日本国民性，的确很好，但最大的天惠，是未受蒙古之侵入；我们生于大陆，早营农业，遂历受游牧民族之害，历史上满是血痕，却竟支撑以至今日，其实是伟大的。但我们还要揭发自己的缺点，这是意在复兴，在改善……内山氏的书，是别一种目的，他所举种种，在未曾揭出之前，我们自己是不觉得的，所以有趣，但倘以此自足，却有害。"[2]

等到一九一七年内山书店开张，完造广泛地接触中国上层政治文化精英后，鄙夷中国的态度才悄然改变。二十年代初认识鲁迅之前，他通过参加上海地区基督教青年会（YMCA）的活动，认识了汪精卫、施存统、陈望道、李汉俊等名人。他在现场听了汪精卫"劳动八个钟头，读书八个钟头，睡觉八个钟头"的精彩演讲后，一度为其风采所倾倒，盛赞汪"举世无双"[3]。另据郁达夫记载，他曾去内山书店买书，偶遇革命家黄兴的长子黄一欧，向内山完造介绍时，完造竟然"睁圆了眼，似乎感动得很"。郁达夫感叹："日本人的英雄崇拜之心，实在比中国人强。"[4]

1　内山完造：《花甲録》，第 67、118 页。

2　《鲁迅全集》第 14 卷《书信·致尤炳轩》，第 410 页。

3　内山完造：《花甲録》，第 114—115 页。

4　郁达夫：《达夫日记》，上海：北新书局，1947 年，第 193—194 页。

一九二六年一月底，"以描写变态性欲著名，每出一书，举国争阅"的小说家谷崎润一郎来沪，并在内山书店二楼会见了郭沫若、田汉、谢六逸、欧阳予倩等人[1]。此时在上海地区，内山书店不仅是与日本堂、申江堂、至诚堂书店并列的日本"四轩"之一，也是重要的中日文化沙龙。

三

名人效应的影响是显著的，内山书店在十里洋场打出了知名度，顾客不再限于日本侨民。留日的文学青年，尤其喜欢到这里购书，谷崎来华的同年，陈应鹏曾以"直斋"为笔名，写过一篇《初次到内山书店》：

> 在日本的时候，到了晚间，就和几个朋友，到神田去掏旧书摊。在丸善书店中，一走进去，翻阅书籍，时间的过去，就觉得非常迅速，往往转瞬之间，是上灯的时候了。这种趣味，将来或许再能享受，但是现在，金钱到手就尽，决计办不到储款买书了。朋友当中，屡屡在我面前，谈到内山书店，而又屡屡拿由内山书店中买来的书，一部一部的呈耀在我的眼前，我们善于用言语引人的盛君，又时常对我说：
>
> "内田的书店的信，一封一封的又来了，近来囊中倒不空空，

---

1 上海《申报》，1926年1月20日，第17版。

上海内山书店内景

但是要我立时去还这一笔不要紧的书债，倒还不能。"

"好哉，内田的信，倒亦来哉，哈哈！信里写了'每月每日，是我们日本的大结算期，特地通知你知道'的话外，其余一句也没有。"

盛君说这种令人又难过又好笑的俏皮话，旁人听了，或许另有一种感想。但是使我买书的欲望，像将雨时的电光，一闪一闪的动着，终究觉得非痛痛快快来一阵雷雨不可。并且有这个记账的方法，那末最为合配鄙人胃口，觉得如有人介绍，也不妨去享一享这种特别权利。

那天喝完咖啡后，陈应鹏就和三个朋友一起，穿过横滨桥的狭窄小弄堂，来到内山书店，完造不在，只有夫人内山美喜守店。众人也毫不拘泥，进店随意翻阅：

　　四围书城，中间也是一大方书山，书山之旁，烧起一架火炉，两边安置藤榻，两只洋狗，大概是母子罢，很安静地熟睡在炉旁。我们在书架上，很自由地取了几本关于艺术的书籍，坐到榻上，向着火炉，一本一本的看去，真是非常舒服。

　　内山太太是一个中年的妇人，很体肥，穿了一件白条子布的衣。这是他的老例，老主顾到了一定烹好了他们的日本茶，承在盘子上，一杯一杯的分饷客人。我们取出在北四川路靶子场转角一爿俄国店里所买来的点心，分而食之，驯良的小犬，闻见了食物的香味，屡次在我身边，不住的瞪着眼伸着腿，居然像见了熟客一般。

　　我们一面吃，一面看，同时来一位郑君，于是又聚谈起来。

　　"这个书店，并不是内山的资本，却是他太太拿出钱来开办的。"马君说。

　　"你看，照这样的生活程度，一个人岂不要赚五千块钱一月，才能够用吗？五百块钱买日本文的书，一千块钱买法文的书，一千块钱买……并是一个钱还不能糜费，嫖、赌、吃、着，一概不能有。"包君说。

　　"我们到这里来，居然舍不得出去了。尤其欢喜它的陈列，肯让我们任意翻阅，像中国书店中，书籍藏在柜台里边，要看书非向伙友索阅不可，买书往往在无意之中，看中要买的书，欣然买去的，如果要在晓得书名之后，专诚指明去买，那买书之兴趣，完全埋没了。何况近来中国的书籍，越是著名的作家，越是著名的妙文，只好听听名声，望梅止渴，如果看到了文字，往往使一腔热气，立刻冰冷，像浇上了一桶雪水。"我说。

　　"中国书店如此，大概西洋书店总比中国强罢！"郑君说。

　　"也不一定见得，听见各国书店，要算日本的最好。东京的书店中，往往有许多穷学生，一清早起，即到书店去翻书，直到晚上关门的时候，方才出去。我们常见一群学生，排立在柜台边看书，书店中一点不讨厌他们，并且要看什么书，总是给他们拿去看，其实想来，书店也不致于吃亏，因为这些穷学生，一旦有钱，买起书来，总是几百块钱一买的。……"包君说。

　　……

　　"这里像是你的个人图书馆了。"周君说。

　　"我在东方图书馆[1]中去看书，他们还不相信我，哪有这样的便利，这里的哲学书、佛教书、真太多了！"马君说。[2]

　　此文排版时错字不少，"淘书"作"掏书"，好几处将"内山"误写成"内田"。开业前十年，内山书店不温不火，可能只在一个较小的沪上文化圈中比较知名，普通人对它并不了解。

　　陈应鹏这篇文章在《申报》发表后，"很快引起了中国书店经营者的注意，在那以后，模仿内山这种新式书店的店铺纷纷出现"[3]。顾客可以进书店自由挑选书籍，今天看来习以为常的事，九十年前

1　又名上海东方图书馆，一九二四年设立于上海，以商务印书馆编译所设立的涵芬楼为基础发展而来，藏书达四十六万册，其中包含大量珍本善本，在一九三二年的一·二八事变中被日军焚毁。

2　上海《申报》，1926 年 12 月 10 日，第 21—22 版。

3　内山完造：《一九四六年より一九五九年まで・打破了三十年之夢》，《花甲録》，第325 页。

却是由内山书店最早引进到中国来的。完造虽然没有最终实现自己在北平、汉口、广州三地以及内地各省城开出内山书店分店的宏愿，但已经改变了上海的书店文化。

四

一九二七年十月，一位穿白麻长衫的顾客来到店里，"个子不高，走路很特别，鼻子底下留着黑色胡须，眼神清亮，虽然身形单薄但却让人无法忽视"[1]。中国店员王宝良还注意到，这位顾客蓄须、叼着烟斗，脚上穿的白布鞋两侧已经洗得不那么白了，"不像能买得起书的人"，最后却一口气挑了十几本书，总价五十多元，超过了内山书店一整天的销售额[2]。结完账后，他用娴熟的日语与完造说道：

"老板，这些书请送到窦乐安路景云里二十三号。"

"好的，请问尊姓大名是？"

"叫周树人。"

"啊——您就是鲁迅先生啊，久仰久仰。早听说您从广州回上海了，刚才没能认出来，失敬失敬。"[3]

这是两人第一次交谈。此后鲁迅常来店里，抽着烟飘飘而来，

1　内山完造著，何花、徐怡等译：《我的朋友鲁迅》，北京联合出版公司，2012 年，第 15 页。

2　吉田旷二著，村尾沙耶佳、李恒伟译：《鲁迅挚友内山完造的肖像》，北京：新华出版社，1996 年，第 84 页。

3　内山完造：《鲁迅先生追憶》，载内山嘉吉、鲁迅友之会编：《鲁迅の思い出》，东京：社会思想社，1979 年，第 39 页。

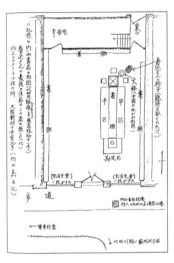

上海内山书店内部平面图

买几本书，又飘飘而去。统计《鲁迅日记》中的记录，频率大概是每周一两次。鲁迅也经常和其他人一起来，有时候是许广平，有时候是柔石、郁达夫等朋友，他往往朝门坐在专属藤椅上，一边与朋友谈话，一边观察外面情况——若有异常，立即转移。

　　一九三一年一月二十七日，《二月》的作者柔石被逮捕，得到风声的鲁迅一家躲进日本人开的花园庄旅馆暂时避难。二月七日深夜，柔石和胡也频、殷夫、冯铿等二十四位左翼作家，在上海龙华警备司令部里被秘密处死，用完造的话说，"就像斩萝卜似的毫不留情"，风声鹤唳的情景，被鲁迅写进赠内山完造的旧体诗：

　　　　廿年居上海，每日见中华：
　　　　有病不求药，无聊才读书。

> 一阔脸就变，所砍头渐多。
>
> 忽而又下野，南无阿弥陀。[1]

　　鲁迅在外躲避了三十九天，二月二十八日回寓，几个月后便有前文所提"版画讲习会"之事。次年"一·二八事变"爆发，中日发生军事冲突，四川北路常有战车呼啸而过，甚至流弹飞入书房。二月六日，鲁迅、周建人两家又避居三马路英租界内山书店支店二楼，十口人共处一室，席地而卧。

　　虽然都是避入日本人的势力范围，但一年前是出于国民党的政治迫害，尚且情有可原；这次却是外敌入侵，有国人对此难以理解，甚至有"汉奸"之讥[2]，有些言辞还相当激烈：

> 既不能脱下橡皮鞋而走向大众，
>
> 又舍不得放弃那顶普罗皇冠。
>
> 啊，你这一辈子只有"彷徨"！
>
> 只有"呐喊"！
>
> 你是具有普罗和布尔的"二心"
>
> 他妈的！
>
> 你的生活始终是"三闲"。

1　《鲁迅全集》第7卷《集外集拾遗·赠邬其山》，第451页。案，"邬其"与"内"在日语中皆发音为うち，故"邬其山"即指"内山"。

2　如"鲁迅先生生前被污为汉奸，据说因为领了卢布，或是曾在内山书店小坐"。见吴绍彦：《虐边话鬼》，《杂文丛刊》1941年第5期，第17页。

> 东洋兵打到上海，
>
> 你却躲进了四川路的内山书店。[1]

"普罗"和"布尔"，分别是无产阶级（Proletariat）和布尔什维克
（Bolshevik）的民国译法，作者邹洛文将鲁迅的文集《彷徨》《呐喊》
《二心集》《三闲集》化用其中，以子之矛攻子之盾。

因为舆论压力，那段时间鲁迅多少有些失魂落魄，这被不少来
书店的日本人目睹。随军记者富冈羊一回忆："去内山家都是自由
畅谈，毫无拘束的。鲁迅则默默地坐在一角，脸色看上去不怎么好，
头发翘耸耸地长到一寸多，乍看有些许脏乱之感。刚开始的两三天
我并不知道他就是鲁迅。"千田万三也提到，周家大先生"一副不
修边幅的样子，可他的弟弟周作人却是非常干净整洁的，而且有着
一张有岛武郎式的脸"[2]。

一九三二年四月局势最紧张的时刻，内山完造提议鲁迅可以
暂时东渡躲避风头。鲁迅在回信中说："早先我虽很想去日本小住，
但现在感到不妥，决定还是作罢为好。"因为："第一，现在离开中
国，什么情况都无从了解，结果也就不能写作了。第二，既是为了
生活而写作，就必定会变成'新闻记者'那样，无论从哪一方面看
都没有好处。何况佐藤先生和增田兄大概也要为我的稿子多方奔走。
这样一个累赘到东京去，确实不好。依我看，日本还不是可以讲真

1　邹洛文：《皇帝的像赞》，《矛盾月刊》1933 年第 2 期，第 241 页。
2　内山完造著，何花、徐怡等译：《我的朋友鲁迅》，第 196 页。

话的地方，一不小心，说不定还会连累你们。"[1]

鲁迅这番婉拒背后曾援引署名"白羽遐"的一段话："内山书店是日本浪人内山完造开的，他表面是开书店，实在差不多是替日本政府做侦探。他每次和中国人谈了点什么话，马上就报告日本领事馆。这也已经成了'公开的秘密'了。"鲁迅反驳道："我确信他做生意，是要赚钱的，却不做侦探；他卖书，是要赚钱的，却不卖人血。"[2] 但另一则史料却显示，日本共产党员尾崎秀实（1901—1944）寄居在内山书店二楼期间，曾与鲁迅多次彻夜长谈，两人使用的却是德语[3]，恐怕鲁迅对于内山完造，也未必完全信任。

日本书店替军部搜集情报有先例。一八八六年，日本陆军中尉荒野精曾与总部设在上海的乐善堂书店主人岸田吟香合作，以汉口支店为据点，派出情报人员，以书店店员身份作掩护，赴湖南、四川、北京各地搜集情报[4]。鉴于内山完造也试图在中国内地开支店，受到怀疑也不意外。

五

一九三六年十月十九日鲁迅病逝后，内山完造成为了治丧委员会十三人名单中唯一的日本人。完造回忆死讯传开后，大家一窝蜂

---

1 《鲁迅全集》第 14 卷《书信·致内山完造》，第 199 页。

2 《鲁迅全集》第 5 卷《伪自由书·后记》，第 177—179 页。

3 太田尚树：《解説》，载内山完造：《花甲録：日中友好の架け橋》，东京：平凡社，2011 年，第 521 页。

4 陈捷：《明治前期日中学術交流の研究》，第 254 页。

地挤到他的店里来，"我——带他们前去吊唁先生，我的店里就像是过节一样吵吵嚷嚷的"[1]。

参加了鲁迅葬礼署名"汶"的青年，后来也做证道："在遗像两旁，供着两瓶鲜花，拖下一条纸条，上面写着：'鲁迅老师千古''十二个青年敬献'。此外，是他生前唯一挚友日人内山完造，以及日本武官喜多少将、沈燕冰等的巨大的花圈。内山完造也在这里，内山书店的职员，半数都被请到这里做招待。内山对鲁迅有特别的交情，这伟大的友谊，使我们会同时发生很大的敬重之感。"[2]

在中日全面开战、上海沦为"孤岛"期间，内山完造扮演了什么角色？在日本占领期间，上海地区日语学习的需求猛增，内山书店书籍部、杂志部的销量都有了显著增长，完造也积极回馈社会，多次捐巨款资助中国的贫寒学子。一九四一年二月，因为名望和贡献突出，他还当选为上海二十五名日侨议员之一[3]。

一九四四年一月十四日晚，在中华电影公司、中华剧场共同于国际剧场举办的"中日提携演讲大会"首日，完造便登台做《中国之天》的发言，具体内容不详，但据说"对我国参战后之民情与同力有详尽之解释"，大会结束时，还播放了鼓吹"大东亚圣战"的电影《万世流芳》[4]。早在一九三二年"一·二八事变"期间，内山书店的店员就有烧制饭团供应日本海军陆战队之举。

1　内山完造著，何花、徐怡等译：《我的朋友鲁迅》，第 108 页。

2　上海《申报》，1936 年 10 月 21 日，增刊第 2 版。

3　上海《申报》，1941 年 2 月 10 日，第 7 版。

4　上海《申报》，1944 年 1 月 15 日，第 3 版。

不论如何，与鲁迅并肩作战的岁月还是内山书店的荣誉，只是后来转而成为某种负担。二十世纪五十年代初，日本思想界反思侵略战争，马克思主义席卷全国，《人民中国》《中国画报》等刊物畅销，内山书店、极东书店、大安社等左派书店迎来了它们的黄金时期。进入六十年代，尤其"文革"结束后，日本左派运动式微，相关书籍也受到冷落，内山书店难以恢复昔日盛况。

成也鲁迅，败也鲁迅。二〇一〇年开始，内山书店被迫转型，出售中国以外的亚洲相关图书。只是每次去店里，我都感觉整栋大厦里顾客寥寥，颇为冷清，毕竟现在日本人文学科研究整体上都在退化。这家迎来创业百年的老店，店内宣传单上这样介绍道："通过书籍，内山书店不仅将继续推进中日两国的友好，亦为加强全亚洲人民的联系，而不断前行。"

大隐隐于市：丛文阁书店

　　靖国大道两旁最低调的古书店，大概就是丛文阁了。其他店家都在门口最显眼处摆出古书、浮世绘或旧地图，以此招揽顾客，它却只在人行道边上，放块锈迹斑斑的铁牌，顶上红漆箭头指向一段逼仄的楼梯，上面写道："客人进店请走这边。"店名用普通电脑黑体字书写，右边列出经营范围：历史·民俗·书志·宗教·国语国文。要不是有一次陪朋友去找《善邻国宝记》，恐怕我永远不会有机会走进它。

　　二楼的空间也不大，就七八排书架的样子。推开镶嵌玻璃的木头门，绕一圈，可以看到左边是《大日本佛教全集》《国译一切经》《正眼法藏全讲》等宗教类书籍，右边是《古事类苑》《松屋笔记》《神道大系》等日本史史料，尤以人物传记类居多，靠窗及走道是东洋史著作，门侧是书志学。书实在太多，放不下的只好层层叠在地面，蒙上一块蓝布。如此大隐隐于市，店里顾客自然寥寥。

　　有一次我在里面找了半小时的书，都没有其他人上来，老板也在收银台前伏案看书，我只能听到自己把书抽出函套的声音。楼下

丛文阁书店指示牌

重型卡车开过，玻璃窗微微震动，几秒钟后恢复平静，只有抖落的
纤尘飞舞、起落。想起钱穆的话：“学问之事，贵能孤往。”感觉又
寂寞，又惬意。

　　我每次逛神保町时必去丛文阁书店，因为这里安静、定价合理，
木头书架直耸天花板，老板既看不到、也不会管我在里面翻看什么。
沿着每个书架，从上到下爬格子般地翻看，东洋学某个研究领域的
基本史料和主要问题，就渐渐明晰起来。店址虽然偏僻，其实货源
相当不错，从一些题记和眉批上可推测，不少原来是学者书斋中的
珍藏。若干稀见的东洋史著作，整个东京古书市场好像都没有第
二套。

　　比如大正二年（1913），即“日韩合并”后的第三年版的《满

洲历史地理》两卷，是著名的"南满洲铁道株式会社"下属"学术调查部"的刊物。和田清（1890—1963）曾把它与《朝鲜历史地理》两卷、《文禄庆长之役》一卷，并称为"我国满鲜史研究巩固的基石"。同时，这几种杂志背后浓厚的军方背景，也使得它成为白鸟库吉（1865—1942）、稻叶岩吉、松井等（1877—1937）、箭内亘几位"东京学派"历史学家配合帝国对外扩张之嚆矢。

卷首白鸟执笔的序言，写得锋芒毕露："露西亚之役[1]后，经营满洲、开发朝鲜之重任，顿落于我国国民之肩。余由是呼吁当前之要务，乃对于满韩等地，进行学术上之根本性研究。要而言之，一为满韩经营之实际需要，二为纯粹学术之考虑也。"他接着写道："然时至今日，吾辈对此处几多民族竞争不息之白山黑水，仍有暗云深锁之感。须知此半岛之风云激荡，常发轫于满洲旷野，事关我国国运之消长，此古今一也。故究明此处民族竞争之真相，知悉现今局势之由来，乃今后史学之转辙所向，虽经世家，亦不可等闲视之矣。"[2]

贯彻了这种以史经世理念，《满洲历史地理》第一卷的篇目，依次是白鸟库吉、箭内亘《汉代的朝鲜》，稻叶岩吉《汉代的满洲》，箭内亘《三国时代的满洲》《晋代的满洲》《南北朝时代的满洲》，松井等《隋唐二朝高句丽远征的地理》《渤海国的疆域》；第二卷按顺序为松井等《辽代的满洲疆域》《金朝的满洲疆域》《由

1　案，即日俄战争。

2　白鸟库吉：《序》，《满洲歴史地理》第 1 卷，东京：南满洲铁道株式会社，1913 年，第 1—2 页。

许亢宗〈行程录〉所见辽金时代的满洲交通路》，箭内亘《东真国的疆域》《元朝的满洲疆域》《元明时代的满洲交通路》，以及稻叶岩吉《明代辽东的边墙》《建州女真的原住地与迁住地》《清初的疆域》。

所有论文都关于地理及军事，实证色彩强烈。当时白鸟库吉根据每位学者的专长，让他们各自负责一个断代，最后连缀成通史。这种写法，最早是十九世纪末二十世纪初，阿克顿勋爵（Lord Acton，1834—1902）编《剑桥历史丛书》（*The Cambridge Modern History*）时的创造。阿克顿是英国人，师从德国著名历史学家兰克（Leopold von Ranke，1795—1886）；兰克的另一位学生李斯（Ludwig Riess，1861—1928），一八八七至一九〇二年间在东京大学任教，白鸟库吉出自其门下。

《满洲历史地理》采用大开本精装，纯白封面。刊名用小篆凹印于书脊，书皮隆起一条条褶皱，质感犹如洋装书。一百多年过去，外面的函套接近分崩离析。函套是日本人做书的一大创造，作用是隔绝空气，减缓书的氧化，代书本承受各种落灰、磕碰和刮擦。在日本，凡是严肃的学术书籍都必带函套，除美观外，亦包含某种"藏之名山"的期许。中国出版社也偶尔也采用，比如上海书店八十年代初影印的《四部备要》和《天一阁藏明代方志选刊》，非常精致，令人爱不释手。

丛文阁的两架书志学书籍，是吸引我来的另一个原因。日本学者治学，重视编目录、索隐，写解题，做译注，即使是已经成名的学者，也不惜花费时间精力做这些琐碎工作。中国则只有在民国时期，洪业主政燕京大学的时候，编过不少"引得"。在今天国内的学术评价体系里，由于这些都不算"学术成果"，于评职称无助，所以有志者不为。我在丛文阁买了不少目录，山根幸夫编的有《日本现存明代地方志目录》《日本现存明人文集目录》和《新编明代史研究文献目录》三种，皆手写影印本。

日本古书的价格用一张小票粘在最后一页。结账时把数字撕掉，剩下的就是精美的书店 logo 了。一些上了年纪的老书，logo 竟有三四张之多，是它流落各地的记录。但《新编明代史研究文献目录》背后却没有标价格，我最后只好把书拿到收银台询问，老板看了一眼书后，回答道："两千日元。"然后慢慢抬起头，微笑着对我说："这本可是山根先生送给中嶋先生的哦！"

我笑着点头，两位都是东洋史学家，也是一九六三年成立的"古典研究会"第一批会员。山根幸夫专攻明史和中日关系史，著作极多。中嶋敏（1910—2007）生于静冈县，一九三三年凭《北宋年间西夏与吐蕃之关系研究》毕业于东大，专攻宋史和中国经济史。他先任职东方文化学院研究所，加入由加藤繁（1880—1946）主持，囊括了中山八郎、佐久间重男、西嶋定生等青年才俊的"历代正史食货志研究会"。

正史食货志的翻译除了中译日外，还得对诸如"子粒""盐引""折色"等疑难词做详细的注解，工程量浩大，非一人之力可就。在几代人的接力中，加藤繁完成了《汉书》《旧唐书》《旧五代史》部分，和田清完成《明史》（上、下）和《宋史》（一）部分。两人过世后，中嶋敏陆续将《宋史》（二到六）和《晋书》补齐，另有文集《东

洋史学论集》问世。山根、中嶋两人，既是东大校友，又是同行，
来往想必不少。所以这本目录除了山根的题签以外，还夹了一张小
巧的信笺。

　　此信的大意，是山根以天气为话头寒暄之后，再介绍自己费时
多年编好这本目录，特意赠中嶋一本，同时希望他能推荐自己所在
的大学和研究室采购此书。写此信时山根已经七十二岁，停年退官
三年多，但退而不休，仍然担任中国明史学会荣誉顾问、东京大学
中国学会会长、明治大学讲师等职，笔耕不辍，还多次赴中国开会
及考察。

　　赠书翌年，山根的身体状况恶化，出入病院的记录明显增多[1]。
更添凄凉晚景的是，与仁井田陞、榎一雄、阿部隆等早去世的学者
不同，山根在生命的最后几年目睹了日本东洋史学界后继乏人的颓
势：二〇〇二年底，日中学术恳谈会解散；二〇〇三年初，延续了
半个多世纪的东洋文库明代史研究会亦消亡，八十二岁的山根"整
理研究室的图书、资料，将必要的物品拿回自宅，剩下的或转让，
或出售，或干脆丢弃"，此时他自己的生命也只剩下两年了。

　　二楼书店丛文阁一九六七年创办于东京都文京区，一九七九年
搬迁至神保町现址。当时南海堂、一诚堂等大型古书店的势力根深
蒂固，无力竞争的丛文阁只好在图书细分上下功夫，按地理区域将
关于日本、印度、中国、朝鲜等的资料各自放一起，大为便利读者。

1　　山根幸夫：《略年譜》，《中国研究に生きて 第三》，东京：汲古书院，2004 年，
　　187—189 页。

中嶋　敏　様　　　　　　　1993/11

前略　秋も終りに近づき　朝夕寒さも厳しくなっ
て参りましたが　益々ご清祥のことと拝察しており
ます　さて久しく私の念願しておりました《明代史研
究文献目録》が完成しましたので　一本をお送
りさせて頂きます　御利用いただければ幸甚で
す　尚貴大学の研究室　あるいは図書館に一本
購入して下さるようお願い申しあげます
　向暑のみぎり　くれぐれも御自愛のほど祈りあ
げます
　　　　　　　　　　　　　　　　敬具

　　　　　　山根　幸夫

山根幸夫致中嶋敏信件

书店进门处有张绿皮书桌，来者可先将随身物品放在上面，再入内慢慢挑书。日本书籍用纸考究，一般都比较厚重，买四五本精装书行动就很不便了。每次走进人情味浓厚的丛文阁，都意味着能暂时卸下包袱。

店主矢岛好夫原是东京都小石川区大亚堂书店的店员，后来独立开店。据他说这张大桌子一开始是给顾客看书用的。因为店里常有欧美、中国、韩国的学者慕名前来："即使是便宜的古书，不也应该好好看下内容后，再决定买不买吗？至于椅子嘛，这是给上了年纪的顾客们准备的。"开业半个世纪，第一代店主和夫人已年近古稀，最近店里常有个年轻店员忙上忙下，从三人的对话判断是他们的儿子。不出意外的话，丛文阁应该也能像日本大部分家族企业那样，通过继承制延续下去。

　　我每次去都要翻江倒海地把很多书抽出函套看一遍，结账时总不免泛起些丝羞愧。最后书价通常只有几千日元，老板每次都给我包好油纸，再扎上根皮筋。回国前最后一次去时，买了学习院东洋文化研究所一九六四年影印的朝鲜《三国史记》，底本用李朝中宗七年（1494）庆州版，为现存最早版本。收完钱，老板正准备弯腰抽油纸，我赶紧说：“没关系，这样就可以了，我可以放包里。”道谢后下阁楼，穿过喧哗的十字马路，再走几步回头看时，半米见方的店牌，早已经隐没在穿梭的人流中了。

早稻田原风景：五十岚书店

东京的古书店，大致可分为两类：一曰豪放派，一曰精致派。

豪放派书店，一进去就能闻到灰尘的味道。书被随意摆放，书架占满就堆在地上。套装书用绳子捆扎，零本见缝插针地塞着。过道被严重挤占，在里面走动都有些困难，要看堆在地上的书只能侧身、半蹲，把身体弓成虾形。老板端坐收银台前，被古书包围，只有顾客结账时才抬起头。这类书店大多位置偏僻，书价也偏低，适合披沙拣金式地淘书。

精致派书店占据市中心繁华地段，最典型的就是神保町的一诚堂了。百年老店的玻璃窗锃亮，棕色木地板反光，书一丝不苟地排列着。推开雕花木把手，西装笔挺的店员就会马上向你鞠躬，声如洪钟地："いらしやいませ！"（欢迎光临！）书价也是其他地方的两三倍。如果最后竟不惮于高价买了，结账时收银员就会赠送当月最新古书目录一本。

五十岚书店也属精致派，价格却嘉惠寒士，有些稀见书甚至卖全东京最低价。店址在新宿区西，早稻田站不远处，步行十分钟即

五十岚书店内景

是早稻田大学。比起神保町，这里人流量并不算多。它有两层店面，一层卖文库本、画册及文艺类书，玻璃橱窗上展示着江户年间的精美刻本。沿着旋转木楼梯走到地下，色调骤然变成了冷色系——日本学术书装帧的风格。

店里灯光柔和，从雨帘、门牌到包书纸，都是清一色的深蓝，logo 则是一本摊开的书。旧书全部仔细清洗过，即使是半个世纪前的书也是一尘不染。这里的店员也会说"欢迎光临"，只是非常轻柔，尾音悠长，仅盖过循环播放着的德彪西而已。

店名"五十岚"是日本常见的姓氏。书店创始人名为五十岚智，山形县酒田市人。一九五三年，十九岁的他独自上京，原本准备来报考大学，但不幸落榜，只好在东京求职。在去水道桥参加一家企业面试时，落魄的小镇青年因为迷路误入神田古书店街，看到南海堂书店招募店员的海报，临时起意决定试一试，命运从此发生改变。

当时的日本，刚从战败的阴影里走出。朝鲜战争爆发后，日本作为后勤补给基地，企业接到大量海外订单，工作岗位迅速增加，经济也在战争废墟中起飞。在政府的鼓励下，很多私立学校创建，大学生人数翻倍，教科书需求随之激增。当时南海堂的店主市田武夫（1905—1976）看中了这一机会，主营当时法律、理工、历史系学生急需的教科书，凭借高超的经营手段，在岩松堂书店（现已倒闭）、一诚堂书店两大强敌瓜分市场的罅隙中，渐渐站稳脚跟。

对手下员工，市田武夫秉持"寻人、用人、育人"的理念，要求他们早上六点前起床，晚上十点钟休息。店员从打扫卫生学起，依次进修财务、运输、运营等各方面知识。三四年后再带去拍卖会上实地锻炼。在五年的学徒期结束后，优秀的店员基本可以独当一面。如果有自立门户的想法，市田也从不阻拦——今天神保町的山阳堂书店、古贺书店、姊川书店等，创始人都是南海堂的前员工。有趣的是，这些学徒即使当上店长，也仍然是南海堂旗下"南友会"或"小南会"的会员，如同日本家族制中"本家"与"分家"。他们定期聚会，相互帮扶，共同与以一诚堂为首的另一古书店联盟竞争。

一九六四年，三十而立的五十岚智在神保町创办南海堂支店，迈出了创业的第一步。二〇一四年笠间书院出版了他学徒时代的日记，名为《五十岚日记：古书店的原风景》。从书中收录的昭和三十九年（1964）的一张老照片可见，当时支店的主营业务仍然是"教科书买入"。开业四年后，五十岚智决定将书店迁到西早稻田现地址，并正式改名为"五十岚书店"。

　　第一次去五十岚书店，是因为在"古本屋"网站上查到那里有一套《皇明条法事类纂》，为一九六六年古典研究会影印东京大学附属图书馆藏清抄本。这套书国内有杨一凡主编的标点本，收入《中国珍稀法律典籍集成》丛书里，不单卖，由于早已绝版，孔夫子旧书网上的价格被炒得奇高无比。到店里说明来意后，店员说这套书目前放在仓库里，但可以马上送过来，能等十分钟吗？我说可以，心想正好可以借机看看别的书。

　　随意翻看店内书籍时，看到一本汲古书院出版的《宋白续通典辑本》，书名加上著者"宋白"之名，是因为叫《续通典》的书共有两部。一部是清人嵇璜的《续通典》一百五十卷，最早有乾隆三十二年（1767）的殿本，后又以《钦定续通典》之名在浙江书局、广州书局重印，名列"十通"（最重要的十部政书）之一，较常见。另一部则是北宋人宋白的《续通典》二百卷，南宋人陈振孙曾著录此书云："翰林学士承旨大名宋白太素等撰。咸平三年奉诏，四年九月书成。起唐至德初，迄周显德末。"由于一年的编纂时间仓促，史官甚至把某段原典反复抄了几遍，故"时论非其重复"[1]。因为评价不高，这部书只在元初尚有一定流传，后来彻底散佚。

　　宋白的这部书，我之前还从未听说过，好奇之下将其抽出翻阅。打开才发现，这是编者船越泰次的签赠本，受赠人为明史学家山根

1　陈振孙：《直斋书录解题》卷五《典故类·续通典二百卷》，上海古籍出版社，2015年，第161页。

幸夫，钤有他的藏书印。山根的藏书我在日本一直注意收集，船越这本辑佚书在国内也罕见，所以决定买下。

正在这时，上下精装两大册《皇明条法事类纂》送到了。翻开正文第一页，就看到"东京帝国大学附属图书馆　日军土井大佐　竹中安太郎　寄赠"字样。出国前，我曾看过这部书一九七四年台北文海出版社的盗印版，不但字迹模糊，而且把这一页给删掉了。要知道，此书流落到日本的历史，正是从此开始的。

竹中安太郎一八四六年出生于今山口县下关市，是一名陆军军官，二十多岁时加入勤王军，在鸟羽、伏见战役中立下战功，明治改元后被授予陆军少尉。一八七七年，西南战争爆发，竹中随政府军出征鹿儿岛，平定了以西乡隆盛为首的叛军，藉此升任少佐。甲午战争时，他又在旅顺战役中连下和尚岛馒头山炮台和盖平县太平山，封功四级，累进大佐。

一九〇〇年，庚子事变爆发，八国联军出兵干涉。当年七月，竹中安太郎随军在大沽登陆，八月北京沦陷，慈禧太后等清室成员仓皇逃亡西安。当时八国联军进城后大肆掳掠，日军的军纪相对而言较好，但也没有空手而归的道理。竹中负责运送的清国战利品抵达日本后，东大教授市村瓒次郎（1864—1947）一眼就看中了这部《皇明条法事类纂》。

市村瓒次郎是日本近代大学建立后培养的第一批东洋史学家，一八八七年毕业于东京帝国大学古典汉书科，先任教于学习院，一八九八年转任东京帝国大学助教授，与白鸟库吉同事多年。白鸟的专长，是用西方现代史学研究法治满鲜、蒙古和西域诸史；市村是传统汉学出身，精于版本目录学，擅用传统史料撰写通史，著有《东洋史统》《东洋史要》《支那论集》等。两人一新一旧，恰好互补，合作无间，共同培养出了羽田亨、池内宏、石田幹之助、和田清等史学秀逸。

市村瓒次郎与武夫竹中交涉的细节已经不得而知。只知道这部五十卷、近五千页、一百二十万字的明代法律档案汇编，不曾著录于《千顷堂书目》《四库全书总目》《四库未收书目提要》等大型书志，甚至没有一部明清人的著作提及过它，市村的眼光的确不一般。一九〇一年十月入藏东大后，最初几十年内只有日人浅井武夫、国人杨鸿烈等简略提及[1]。王毓铨等中国学者真正拿它做研究，更晚至上世纪七八十年代，即古典研究会影印本问世十多年后。正是流落日本的命运，让它有了被"再发现"的机会。

一九二三年九月一日，日本发生关东大地震，死亡及失踪人数高达十四万。在地震引发的大火中，东京大学附属图书馆遭灭顶之灾。据小野则秋《日本文库史》记载，当时东大总计有七十六万册图书被毁，其中包括德国梵学家麦克斯·穆勒的全部藏书一万八千册、康熙《钦定古今图书集成》近一万册、五台山本朝鲜《李朝实录》和《满文大藏经》《蒙文大藏经》《西藏文大藏经》等等。

在大震灾过后，著名中国法制史学者、东京大学教授仁井田陞一度认为，这部《皇明条法事类纂》肯定也无存于天壤间了。但他在阅览一九三八年度《东京大学和汉图书目录》时却赫然发现，居

1　杨鸿烈：《中国法律发达史》，上海书店，1990年，第756页。

然还有《皇明条法事类纂》的条目。询问了和田清后才知道，关东大地震发生的时候，东大研究生斋藤清太郎将这部书借出阅览，放在文学部研究室里，鬼使神差地让它逃过一劫。"在这么多珍籍烧失之季，此书得以幸存，真是不幸中的万幸。"仁井田氏感慨道。

　　一九四〇年是这部书的重生年。当年八月，先是长泽规矩也在《书志学》杂志发表《读皇明条法事类》一文，同月，仁井田陞在《东洋学报》发表《旧抄本〈皇明条法事类纂〉私见》。与长泽仅仅摘录了一下此书序言及目录不同，仁井田陞对这部书做了详细考证。他指出，此书正文前所附的所谓钱大昕、洪颐煊、孙星衍、朱彝尊等著名学者的题记真伪可疑，比如其中钱大昕题记云："是书乃《永乐大典》时经进本也。"但此书大部分法律条文的抬头是正德、弘治年，永乐年间的进呈本，怎么可能包含七八十年后的内容呢？难以想象钱大昕会犯这样的低级错误。

　　仁井田陞进一步指出，《御制皇明条法事类纂序》恐怕也是后人伪造。其前半部分文字与万历《大明会典》序雷同，后半部分显然抄自正德《大明会典》序，只是将日期、年号等信息稍作改窜而已[1]。这么一来，这篇所谓御制序中所说的"命儒臣戴金敕编纂述"也变得可疑起来。经过一番刨根究底的研究后，此书的成书年代、编者信息、抄本的递藏顺序，都变成了一个悬案。

　　但伪题记和伪序言，并不损害正文的价值。此书所提及的盐法、

1　仁井田陞：《舊鈔本〈皇明條法事類纂〉私見》，《補訂中国法制史研究：法と習慣・法と道德》，东京：东京大学出版会，1964 年，第 208—220 页。

广西驯象卫、阴阳生观测地震等史事和制度引用的《大明律》《大诰》
《问刑条例》等法律条文，都可与明代同时期的材料相互印证。很
有可能是清代某个书商为了抬高抄本的价格，伪造了卷首题记及御
制序[1]。这一招似乎骗过了清代著名藏书家陈鳣（1753—1817），他在
书上钤白文印"得此书，费辛苦，后之人，其鉴我"，另钤其标志
性的戴笠半身小像"仲鱼图像"印一方。

　　当代读书人最大的便利，就是当年难得一见的珍本秘籍，不
用那么辛苦也能拥有一份副本。买下《条法》和《续通典》后，我
心满意足，继续逛早稻田旧书店街。根据《早稻田古本街地图帖》，
这一带聚集了三十四家书店，是东京第二大古书店聚集地，当然和
神保町一百多家店的规模不能相提并论。顾客多为早大学生，这里
的书店很多卖教辅和文库本，学术书亦以政治学、经济学、法学类
居多。作风老派的五十岚书店，在这中孑然独立，坚守着昭和时代
古书店的遗风。

1　清代到民国，书商伪造名人题跋的例子很多，且大多在抄本书内，"此类作伪如技
　术高者，亦不易看出"。见雷梦水：《记书估古书作伪》，《书林琐记》，第116页。

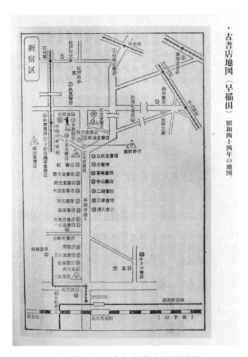

昭和时期（1969 年）早稻田古书店地图

偶遇保田清：原书房

在神保町买旧书的乐趣在于，这里的一百多家店没有两家经营范围是重复的。有专卖中国图书的山本书店，专卖佛教类书籍的东阳堂，专卖地质学图书的大久保书店，专卖自然科学类古书的明伦馆……即使卖书，也术业有专攻。加上书蠹多、旧书更新速度快，每次走出地铁站时，我都会忍不住加快脚步，迫切地想知道今天将会遇到什么。

始创于昭和七年（1932）的原书房，在其网站上自我介绍道："这是一家上下楼氛围完全不同的独特古书店。"一楼出售易学、风水、姓名学、占星术等相关书籍；二楼卖浮世绘和版画。我对艺术品兴趣寡淡，从来没有上过二楼，只看过一楼各种怪力乱神的书籍。店里还有一玻璃柜子的筮竹、罗盘和水晶玉等占卜用具。

女收银员总是微笑着，她身后的房檐下悬挂一张硕大的八卦图，配以运命解析。店里只有半架的东洋史著作，我第一次去时就将其排除在心仪书店之外，后来干脆过其门而不入。没想到后来在神保町所有古书店里，我在这里买到的书是最多的。

一

　　原书房门口常年摆着两个小书架，低价处理各类古书，通常在一千日元以下。此传统似乎由来已久，二〇〇二年辛德勇先生也曾经"在'原书房'书店门前100—200日元一册的书籍当中，拣了几本略可一看的小书"[1]。

　　有一次路过，瞥见那里正摆着不少汲古书院的影印和刻本，品相完好，每本标价一千日元，是其他地方的一半。可惜已经被买得七零八落。赶紧收下《和刻本正史别卷》丛书里的王称《东都事略》一册、王鸿绪《明史藁》四册、长泽规矩也编《诸史抄》一册，以及《和刻本汉籍随笔集》丛书中的张鼎思《琅琊代醉编》一册。边收边懊恼，为什么前几天都没有发现呢？

　　《明史藁》全套应有五册，但不知道被谁挑走了最后一册。我猜是某位日本买家，只需要里面的《日本传》。这套《明史藁》原书藏内阁文库，是嘉永六年（1853）日本高田藩仿照雍正元年敬慎堂本覆刻，版心有"横云山人集"字样。横云山人，即三百一十卷《明史藁》的主编、翰林院编修王鸿绪（1645—1723）。

　　清修明史始于顺治二年（1645），因为天下未定、资料不足，"仅成数帙"。康熙初年明史馆重开，经过五十八位史官三十年的修撰，康熙三十三年（1694）由大学士徐乾学（1631—1694）监修的明史第一稿终于得以完成，但"未敢以进……徐公归，以旧大学士仍领

<hr>

1　辛德勇：《大东购书漫记》，《读书与藏书之间》，北京：中华书局，2005年，第39页。

原书房外景

史局，未几薨"[1]。犯官方忌讳太多，不合上意被废。徐乾学去世那年，王鸿绪临危受命，赶赴北京接任明史总裁官。

为新政权编史是极危险的工作。王鸿绪修《明史藁》时，延请浙江鄞县万斯同（1638—1702）、江苏武进钱名世（1660—1730）为主力，两人每天在明史馆中埋头纂写，"集书盈尺者四五，或八九不止"，反复辨析，"故其辞达，其事明，有远出唐宋二史上者"。康熙五十三年（1714）成书的《明史列传稿》皇帝看后"不悦，命交内阁细看"[2]，最后刊刻极少。我买到的这部《明史藁》，则是雍正

---

1 杨椿：《再上明鉴纲目馆总裁书》，载贺长龄、魏源编：《清经世文编》卷六八《礼政十五·正俗上》，北京：中华书局，影印思补楼重校本，1992 年，叶 41a—41b。

2 杨椿：《再上明鉴纲目馆总裁书》，叶 42a—42b。

元年（1723）经过王鸿绪加工的第二版，也是乾隆朝最终成书的《明史》前身，地位承上启下。

按万斯同的想法，南明弘光、隆武、永历三朝加上浙江鲁王朱以海、广东绍武政权，须立于本纪，若仅立于列传，他宁可将其砍掉，另外再写一部《后明史》。据读过康熙五十三年刻本的礼亲王昭梿（1776—1833）所说，王鸿绪加工前的《明史列传稿》中确实有《三王本纪》，"较史本为详"，其他方面和《明史》没有太大出入[1]。但为了迎合新政权，王鸿绪在第二版《明史藁》中将第一版《明史列传稿》的《三王本纪》降至卷一百十一列传下卷，并更名为《三王传》。民国时期任教于北大的朱希祖（1879—1944）后来愤愤不平地评价道："不称三帝而称三王，降于藩封之列，实属乖缪。"[2]降格的《三王传》删饰痕迹也很明显，比如叙述福王的结局道："丙午，执王至南京。秋九月甲寅，王北去，事轶。"其实是被清廷处死。又称鲁王朱以海逃亡到金门后，郑成功"礼待颇恭，既懈，监国不能平，将往南澳，成功使人沉入海中"[3]，抹黑之意也很露骨。《明史藁》毕竟还为南明作传，《明史》里则干脆一字未提。

箭内亘的《蒙古史研究》，摆在《明史藁》旁边。此书由刀江书院初版于一九三〇年，这部是一九六六年复刻重印版，精装一巨册，厚达一千多页，已经没有函套，还是收下。

箭内亘（1875—1926）号尚轩，出生于福岛县西白河郡川崎村，

1　昭梿：《啸亭续录》卷三《明史稿》，北京：中华书局，1980 年，第 437 页。

2　朱希祖：《明季史料题跋·康熙本明史列传稿跋》，北京：中华书局，1961 年，第 74 页。

3　《明史藁》卷一〇一《列传第六下》，东京：汲古书院，1973 年，第 1187—1201 页。

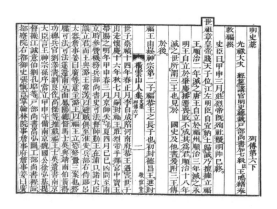

《明史藁》三王传卷首

二十三岁负笈东京帝国大学史学科。最早提出"东洋史"与"西洋史"概念的那珂通世（1851—1908）正在东大任教，讲授"元史译文证补"课，博引汉文及蒙文材料相互印证，箭内亘深深为之吸引。一九〇一年，箭内亘升入大学院，一九〇六年凭借论文《中国基督教的兴亡》毕业，任第一高等学校讲师。此后他终身从事满蒙史，尤其是元史研究，辛勤著述，五十二岁时因胃癌英年早逝。

箭内亘对东洋史的一大贡献，是编写了《东洋读史地图》。此地图的精确性，当然远不及后来复旦大学谭其骧教授主编的八册《中国历史地图集》，但简明扼要，如《南北朝时代亚细亚形势图》，用不同色块标出北魏、南朝宋、高句丽的势力范围，让人一目了然。另一特点是重视朝鲜局势，比如《李氏之朝鲜》一图，绘出了壬辰之役日军五支登陆部队的行进轨迹。箭内亘生前未看到此地图集出版，后来由学生和田清整理，在富山房重印了二十多次，几乎是日本东洋史学者的案头必备书。

一九〇九年"日韩合并"后，箭内亘加入白鸟库吉牵头的"南满洲铁道株式会社学术调查部"，来到朝鲜及中国锦州、大连、营口等地做田野调查。一九一三年起《满洲历史地理》和《满鲜地理历史研究报告》等刊物相继出版，箭内亘和松井等、津田左右吉、稻叶岩吉都是活跃的撰稿人，《蒙古史研究》的大部分文章最早发表在这两种刊物及《东洋学报》上。"满铁学术调查部"乃日本帝国对外扩张事业之一环，但由于日本学者讲证据、偏考证的治学风格，至今仍然有参考价值。

《蒙古史研究》刚问世，民国学者陈捷、陈清泉二人便开始着手翻译[1]。九·一八事变过后，上海商务印书馆将译稿分拆多本，一九三二年出版《辽金紃军及金代兵制考》《蒙古史研究》《元代蒙汉色目待遇考》《兀良哈及鞑靼考》，一九三四年出版《元朝怯薛及斡耳朵考》《元朝制度考》《元代经略东北考》。即日文版问世一年内，重要篇目已经译成中文，不可谓不快。二〇一五年山西人民出版社的《近代海外汉学名著丛刊》，用的仍然是这个民国译本。但比对中译本和日文原版后，发现原版"附录"及"外篇"所收的《元史研究资料及参考书目略》《再答羽田博士》等都没有翻译过来。

1　箭内亘著，陈捷、陈清泉译：《蒙古史研究·蒙古史研究目次》，上海：商务印书馆，1932年，第2页。

二

二〇一六年六月，我去庆应义塾大学旁听"在日汉籍之流传"国际会议，散会时，遇到十多位北大、复旦、京大等学校做文史研究的中国同胞，大家共同前往庆应食堂就餐。席间自然要聊到日本的古书店，一位复旦老师说好几年前，他曾在神保町一家旧书店收了上百本某位日本学者的旧藏，包括各种粟特文、波斯语学术著作，以及二战前日本的内亚地区考察报告，很多连院系图书馆都没有。最近再去，发现这家书店已经关门。大家感叹近年来日本东洋史研究萎缩，古书店的生存状况堪忧；来买书的中国人却越来越多，淘到好书的机会越来越少了。

吃完午饭，我决定翘掉下午的会议，去神保町看看。其实我心里惦记着的是原书房，因为他们最近收了一批文教大学（前身为立正女子大学）图书馆的"消印书"，不少是东洋史著作，但每次只在门口摆出一小书架，卖空了再补上。于是我隔几天就得去一回，老板娘都认识我了，甚至允许我把书先寄存在他们店里。青木正儿的《支那文学艺术考》、《内藤湖南全集》零册、林泰辅的《周官著作时代考》、盐谷温的《支那文学概论讲话》等名著，都是我这么收割来的。

到原书房时，已经有人在埋头翻阅，手上拿着的，好像是一本胡适（1891—1962）的书。我心想要被人抢先了，幸好那位顾客翻了几页后居然将书放下，转身离去。我赶紧占领书架前的位置，发现摆出了将近二十本民国学者的著作，包括冯友兰《中国哲学小史》、余重耀《阳明先生传纂》、章太炎《国学概论》、谢无量《中国哲学史》、梁启超《中国近三百年学术史》等，大部分都是初版，每本仅二百到三百日元。我花五千多日元将这批书照单全收，装了满满三大袋，提前打道回府。

回寮后细细翻阅这批书，发现这些都是原京都大学教授、伦理学家保田清（1913—1999）的旧藏。保田清出生于神户市，二十岁考入京都帝国大学文学部，一九五〇年博士毕业后留校任教，后一直待在京大。查《京都大学百年史》，保田所属的是哲学研究室，他除了介绍西洋伦理学外，亦从东洋伦理思想出发，对其做新的阐释。其著作有《王阳明》《道德的生成》《道德哲学的基本》等，并曾将英国女哲学家沃诺克（Mary Warnock）的《一九〇〇年以来的伦理学》（*Ethics Since 1900*）译为日文。

这批书的扉页，都钤有"保田"两字朱文圆印。另有一册昭和三年（1928）东京文求堂影印璜川吴氏仿宋刊本《中庸章句》的末页，有签名"保田清"。璜川吴氏是清中期苏州府长洲县的藏书世家，第一代主人吴铨，号璜川，曾任吉安知府，归田后辟璜川书屋，藏书中以宋版《礼记》《前汉书》最为知名。长子吴用仪、次子吴成佐，继承家族的藏书刻书事业。张之洞《书目答问》经部著录此书云："璜川吴氏仿宋本《四书集注》二十六卷，附考四卷。吴志忠校。嘉庆辛未刻本。"范希曾补曰："是书一名《朱子定本四书集注》。吴氏校订精审，极有功于朱注。"[1]

1　张之洞撰，范希曾补正：《书目答问补正》卷一《经部·正经正注》，上海古籍出版社，1983 年，第 7 页。

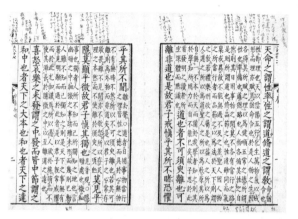

保田清批注本《中庸章句》

东京文求堂将这部《四书集注》分拆影印，除了《中庸章句》外，我还买到了《大学章句》。两书都留下了保田精读过的痕迹：红笔划线，天头地脚密密麻麻都是批注。同样精读过的还有昭和三十八年（1963）版的永久俊雄《和汉冠注碧岩集》。对于重要的书，保田清在读完后，喜欢在末尾写一句话，记载掩卷前的所思所想。今天读起来，意蕴无穷。

比如胡适的两本著作，一九二八年亚东图书馆版的《先秦名学史》（*The Development of The Logical Method in Ancient China*），以及一九一九年上海商务印书馆版的《中国哲学史大纲（卷上）》，前一本是哥伦比亚大学的博士论文，后一本是任教北京大学后的讲义。保田清似乎没有读完《先秦名学史》，但《中国哲学史大纲》一九三七年九月二十六日批读完毕，对于这本中国近代学术的开山之作，他是这么评价的：

胡适著《中国哲学史大纲》，1919 年上海商务印书馆版

胡适著《先秦名学史》，1928 年亚东图书馆版

孔子の項は伝統的の偏見を免れざるも他大體可なりと云ふ。

　　翻译成中文就是："除了关于孔子的部分不免传统的偏见外，其他部分大体不错。"保田清批评的是胡适这本书的第四篇，文中介绍孔子"一生的行事，大概中国人也都知道，不消一一地叙述了。他曾见过老子，大概此事在孔子的三十四岁之后"。孔子见老子的说法来源于《史记·老子韩非列传》，真实性实有待商榷，自称有"考据癖"的胡适贸然采用，难怪保田清对之颇有微词了。

东北大学教授武内义雄（1886—1866）的《论语之研究》，是另一部保田旧藏。武内义雄继承的，是日本自江户时代以来，从伊藤仁斋《论语古义》、山井鼎《七经孟子考文补遗》到吉田篁墩《论语集解考异》的文本批判传统。从批注可知，保田对武内此书极为赞赏。在最后一页，他写道：

> 昭和十五年四月二十五日（木曜日）午后四时十六分，读了之於吉田山腹。
>
> 此日，靖国神社临时大祭第二日，圣上陛下御亲拜於午前十时十五分矣。

吉田山位于京都大学附近，保田清的家应该就在那里。

昭和十五年（1940）日军在中国势如破竹，汪伪政府刚刚成立于南京。字里行间不难读出保田清在山居苦读之余关心国事之情形。但随着战争的继续进行，他还能安心读书吗？昭和十九年（1944）四月二十九日，保田花费一百五十日元，从京都汇文堂书店购得上海中华书局一九二八年版余重耀《阳明先生传纂》。余重耀（1880—1954）是清末举人出身，曾任之江大学文学系教授，这本书保田清读得很仔细，铅笔标记不少。并在购书发票背后，摘录书中提到的王阳明集各种版本。保田清在最后一页记道："昭和十九年五月五日（金耀日）午后五时五分，读了于京都帝国大学文学部研究室。"战争的气息还很遥远，书中还夹了一串干枯的铃兰，我小心翼翼地拈起花枝时，它忽然在空中断成几截。

　　有朋友后来在雅虎拍到一本钤"保田"印的《北京的市民》，特地将书末题记拍了发给我，上面写道：

　　　　昭和十九年六月十六日，午前十一时五十五分读了于警报下。

　　　　　　　　　　　　　　冈崎东天王町寓所二楼书斋

　　那年十一月十二日，他在同一处地点阅读滨田耕作（1881—1938，号青陵）的《东亚文明的黎明》，"午后零时四十六分，读了之于冈崎东天王町七番地寓居二阶南室"。此时京都也不再安全，一个多月后，太平洋战局扭转，日军节节败退，东京、大阪等大城市常遭到盟军飞机的轰炸，此时的保田清，恐怕连一方安静的书桌亦不可得了。

亦有星星火：从大安到汲古书院

初来日本的两个月里，除了学日语外，每周我都会从横滨坐电车去一次东京，流连在神保町、早稻田大学、东京大学这三大旧书店聚集地，为自己和北京的师友购买各种中国史研究著作。近年日本的古书店都有网站，但图书登记不完全，亲自来店常常能有意外斩获。

为什么大老远跑日本来买中国书，再辗转寄回去呢？因为像《日本藏中国罕见地方志丛刊》那样的书虽然是大陆出版，但在国内书市已经难见，反而在东京相对容易买到。日本的东洋史研究近年呈退化之势，和二十世纪的高峰期不可同日而语，很多藏书亦流向古书市场。再加上赴日中国留学生和访问学者渐多，现在的情况真可以说是"群趋东邻购国史"了。

要论装帧最为精美、版本最为考究、最有"书"之美感的中文书籍，仍非日本《古典研究会丛书》莫属。该丛书大部分已经绝版，近半个世纪过去，除了函套受损以外，书本身都保存完好，影印清晰，纸张坚韧，翻页时振振有声。与近十年国内某些出版社粗制滥造的影印古籍相比，高下立判。细究起来，这套丛书的出版是一家东京左派书店遇到经营困难后的无奈之举。

一

一九四五年在美军的占领下，日本的军国主义体制迅速土崩瓦解。美国人带来了全新的西方价值观，十月初《一九二五年治安维持法》被废除，内务省"思想警察"被取消，言论自由全面放开。

通过这些行动，盟军最高司令部发出了要将日本民主化的信号。日本思想界也开始反思帝国主义和"大东亚圣战"，原本属于禁忌的马克思主义再度流行，尤其是在高校学生中一度出现左派思想独大的局面。

一九五一年，东亚同文书院毕业生小林实弥决定开一家书店，售卖中国左派书刊。开业之前他做了一番市场调查，找到了最早的合伙人大山茂。翌年四月，在盟军七年的漫长占领期接近尾声时，大安书店在东京千代田区富士见町二丁目正式开业。选址在这里，是考虑到附近就是东京华侨总会，可以通过他们将中国内地出版物经香港中转运到东京。一九五五年，"大安文化贸易株式会社"正式成立，简称"大安"，月刊《大安》也在当年发行。

大安书店的店面狭小简陋，但小林却斗志昂扬。五十年代初，他将《人民日报》《新华月报》《人民中国》等报纸杂志以及鲁迅、巴金、郭沫若等人的著作，用一辆车载着，在东京各高校、研究所、图书馆之间巡回销售，渐渐赢得市场和口碑。不到一年，员工就增加到了十几人，店址也迁到了繁华的神田神保町交叉路口，即今天山本书店的对面。

好景不长，一九六〇年中苏矛盾激化，中国政府鉴于严峻的国内外形势，采取严格管制图书出口的政策。一夜之间，中国大陆书刊出进口量锐减，只剩下《人民日报》和《红旗》两种报刊还接受日方订购[1]。以薄利多销立社的大安业绩严重下滑。面对众社员的嗷嗷盼望，小林明白自己必须另外开拓货源。

经过讨论，大安社领导层决定"自己动手，丰衣足食"，影印日本现存的中国图书，暂时熬过无书可卖的窘境。最早影印的是《新青年》（一九六二年七月发行）、《向导》（一九六三年三月发行）等民国左派旧杂志，销路出人意料得好。感觉此路可通的大安社，决定扩大影印范围，除了近代书籍外，也筹备影印日本国内收藏的和汉古籍。为此，小林委托公司职员坂本健彦找到著名目录学家长泽规矩也商谈，双方一拍即合，决定在大安社下成立新机构古典研究会来负责此事[2]。

二

长泽规矩也毕业于东京大学文学科中国文学专业，是当时日本最重要的书志学家之一。他参与了静嘉堂文库的建立，与宇野哲人合编过《新撰汉和辞典》，系统调查了成篑堂、观澜阁、东北大学

1　波多野太郎：《書荒について》，《大安》1961 年 1 月号，第 20—22 页。该文同时提到，日本国内很多人猜测，中国国内经济生产遇到困难，纸张、油墨生产不足也是图书出口量锐减的重要原因。

2　山根幸夫编，大山茂著：《大安社史：日中出版文化交流の一時代 1951 ～ 1969》，东京：汲古书院，1998 年，第 3—10、27—30 页。

狩野文库、内阁文库、大东急记念文库等图书馆的藏书情况，编写目录，并著有《图解和汉印刷史》等，对日本国内的汉籍了如指掌，是古典研究会前期的灵魂人物。

由于是家中长孙，长泽规矩也从小就受到祖父、数学家长泽龟之助的偏爱，不但带他一起去古书店，而且在他考入东大后每个月慷慨给予七十日元零花钱（超过了当时大学毕业生的平均月薪）。一九二五年毕业后这位公子哥儿便投身书志学，一九二七至一九三二年间得到外务省文化事业部的资助，经常赴北京、上海、苏州等地书肆搜罗汉籍。

长泽在中国时喜欢穿长衫、说官话，由于出手阔绰，名声在北京不胫而走，来熏阁、保萃斋、文萃斋等各路书商蜂拥而至家门。长泽不无得意地回忆："我在北平是如何买书的呢？通常上午我总在宿舍，就会有许多店主或店员，携带各种书籍的第一册络绎不绝地到来，令人应接不暇。如若我任其自然，不加干涉，来客就会越积越多，无法一一接待。"[1] 这是琉璃厂的老规矩：伙计先将一套书的头本放到大顾客家里，过几天再来询问是否有意购买，若有将剩下部分背来，没有则将头本带回去。

滞京期间，长泽主要为静嘉堂文库采购书籍，只有文库不要的书才自行购买，他自嘲道："在别人看来，这一定是笨蛋才做的事吧。"他购得木活字本初版《爱日精庐藏书志》、万历刊本《还魂记》、

---

1 长泽规矩也：《收书遍历（节选）》，载钱婉约、宋炎辑译：《日本学人中国访书记》，第 265 页。

明刊金陵小字本《本草纲目》等善本[1]。由于他眼光老辣，北平图书馆
善本部主任赵万里（1905—1980）等中国同行颇为忌惮，先是派人
跟踪长泽，后来干脆事先打听到他的行程，抢在他前面把好书全部
买下。

　　南京国民政府"黄金十年"的前五年，清末民初严重的古籍外
流得到一定控制。但七七事变爆发后，烽火遍地，江南书香之家破
产大半，历史车轮倒转，包括瞿氏"铁琴铜剑楼"、潘祖荫"滂喜斋"、
刘承幹"嘉业堂"、张均衡"适园"在内的旧藏大量流出，聚集到
上海。

　　哈佛燕京学社、华北交通株式会社、伪满洲国在内的各路势力，
纷纷加入古书争夺战中。因为北平书价是上海三倍，"几乎每一家
北平书肆都有人南下收书。在那个时候，他们有纵横如意、垄断南
方书市之概……江南的图籍，便浩浩荡荡的车载北去，"时任上海
暨南大学文学院院长的郑振铎（1898—1958）目睹这一切，忧心如捣，
"古籍如果全都落在美国人和日本人手里去，将来总有一天，研究
中国古学的人也要到外国去留学。"[2]

　　为防止"史在他邦，文归海外"[3]的耻辱局面出现，郑振铎决定
联合沪上同仁进行抢救。他与张寿镛（1876—1945）、何炳松（1890—

1　长泽规矩也：《學書言志軒隨筆》《わが蒐書の歷史の一斑》，长泽规矩也先生喜寿
　　纪念会编：《長澤規矩也著作集》第 6 卷《書誌随想》，东京：汲古书院，1984 年，
　　第 78、174 页。

2　郑振铎著，陈福康整理：《为国家保存文化：郑振铎抢救珍稀文献书信日记辑录·日
　　记》，北京：中华书局，2016 年，第 378—379 页。

3　郑振铎：《劫中得书记·序》，上海古典文学出版社，1956 年，第 4 页。

1946)、叶恭绰（1881—1968）、徐森玉（1881—1971）等学者组成"文
献保存同志会"，由已经退守西南的国民政府秘密出资，以暨南大学、
光华大学及涵芬楼的名义购买上海市面上的珍贵古籍。《文献保存
同志会第三号工作报告书》中写道：

> 我辈有一私愿，颇想多收四库存目及未收诸书，于四库所已
> 收者，则凡足以发馆臣删改涂抹之覆者，亦均拟收取之。盖四库
> 之纂修，似若提倡我国文化，实则为消灭我国文化，欲使我民族
> 不复知有夷夏之防，不复存一丝一毫之民族意识，故馆臣于宋元
> 及明代之史料及文集刘夷尤烈，涂抹最甚。乾嘉之佞宋尊元，断
> 断于一字一笔之校勘者，未始非苦心孤诣，欲保全民族文化于一
> 线也。然所校者究竟不甚多，且亦多亡佚。恢复古书面目，还我
> 民族文化之真相，此正其时。故我辈于明抄明刊及清儒校本之与
> 四库不同者，尤为著意访求。[1]

抱持着这种民族主义信念，同志会从一九四〇年初开始工作，
不到两年时间，已经购得古籍四千八百余部，其中宋元刊本三百多
种。从北方书商那里虎口拔牙，抢下邓邦述"群碧楼"、刘世珩"玉
海堂"和刘承幹"嘉业堂"藏书共一千二百余部的战绩，更是让众
人振奋不已。

---

1 郑振铎著，陈福康整理：《为国家保存文化：郑振铎抢救珍稀文献书信日记辑录》，
   第315—316页。

为了掩人耳目，郑振铎搬出家里，隐姓埋名住在上海的居尔典路上，"每天不能不挟皮包入市，以示有工作。到哪里去呢？无非几家古书肆"[1]。同志会又向叶恭绰借来爱文义路觉园内的"法宝馆"，将这个原佛教居士聚会地秘密改造成书库兼办事处，雇人从事抄写书单、编目及装箱等工作，并将部分书籍分散众人家中存放，以分散风险[2]。

将这些书打包、邮寄花了两个多月，它们将先由上海分批次运至香港，清点完毕后再空运到重庆妥善保存。国民政府准备书全部到达陪都后，举办盛大的展览激励军民士气。孰料第一批书两千余部、两万三千余册刚存入香港大学冯平山图书馆后不久，日军就紧跟着赶走英军，占领香港，将寄存在港大的书一网打尽。得到消息的郑振铎痛苦不堪：

> 我们费了那么多心力所搜集到的东西，难道竟被毁失或被劫夺了么？
>
> 我们两年间辛苦勤劳的所得，难道竟亡于一旦么？
>
> 我们瘁心劳力从事于搜集、访求、抢救的结果，难道便是集合在一处，便于敌人的劫夺与烧毁么？[3]

1　郑振铎：《劫中得书记·序》，第 5 页。案，文中提到的居尔典路位于法租界内。

2　卢锦堂：《劫余玄览幸迁来》，载《1940—1941 抢救国家珍贵古籍特选八十种图录》，台北："国家图书馆"，2013 年，第 24—25 页。

3　郑振铎著，陈福康整理：《为国家保存文化：郑振铎抢救珍稀文献书信日记辑录·日记》，第 383 页。

书从此石沉大海，音信全无。抗战胜利后，一九四六年二月，国民政府办事人员才在帝国图书馆（又称上野图书馆，即现在的国立国会图书馆）地下室以及伊势原乡下一个村长的土窖中找到这批书，"国立中央图书馆考藏"的朱印尚且鲜红。经过多次交涉，日方同意归还这三万五千多册古籍，这批书后来又屡经辗转，最后落脚台湾，现在大部分存于台北。

这批书什么时候从冯平山图书馆运到日本不明，只知道一九四四至一九四六年间，长泽规矩也受日本军部委托整理这批藏书，他和帝国图书馆馆长、东大同学冈田温（1902—2001）一起加班加点，逐一登记并撰写解题。因为书被国民政府追回，最后仅完成贵重书、经部、史部三部分共六百四十七部。

长泽后来对这段往事讳莫如深，六十年代末，他被诊断出癌症，开始整理身边杂事时，才重新翻出这部多年前的手稿。一九七〇年二月和四月，《静盦汉籍解题长编》由汲古书院影印出版，序言中长泽轻描淡写道："我开始撰写此汉籍解题，已历三十星霜，如今依然未能完成全书。屡次为人催促，今将其部分草稿付印。此书收录的汉籍为某处的藏书，故只为稀见之书撰写内容解说。"[1] 关键细节一概隐去。

---

1 长泽规矩也：《静盦汉籍解题长编·序》，上海远东出版社，影印汲古书院版，2015年，第1页。

三

一九六三年二月，古典研究会成立，由长泽任会长，其他会员中，既有仁井田陞（中国法制史）、榎一雄（内亚史、敦煌史）、中嶋敏（宋史）这样的东洋史学家，也有伊地知铁男（1909—1998，宫内厅书陵部）、岩井大慧（1891—1971，东洋文库）、米山寅太郎（1914—2007，静嘉堂文库）这样的文库长，皆为一时之选。

会员年龄最小的，是四十二岁的山根幸夫，他后来成为著名的明清史、中日关系史学者，不但为丛书撰写大量解题，三十多年后还编写《大安社史》《古典研究会小史》，对古典研究会的各项工作做了一手记录。

研究会公布的《设立趣意书》中写道，日本原本有舶入汉籍的传统，流传至今者有不少孤本。战后日本新设了不少大学，各校图书馆都需要采购图书，古籍变得越来越难买。古典研究会的设立，就为了积极应对这种新形势，影印范围"不仅包括汉籍，也兼顾重要的和书。对于那些还未曾公开，研究者又切望入手的珍稀古书，本会将先行访求调查，再加以整理校勘，在公布其研究成果的同时，在必要时加以影印，以供学界参考"[1]。

三月十五日，研究会第一次会议在大安社三楼的会议室召开，此后每个月召开一次例会，就选题、版本、印刷方法等展开讨论。在前几次会议上被定下来的书，包括日光山轮王寺藏明万历刻本《金

1　山根幸夫：《古典研究会小史》，第6页。

北宋版《通典》，汲古书院 1980 年影印本

瓶梅》、宫内厅书陵部藏北宋版《通典》、东大图书馆藏正德刊本《大明会典》和抄本《皇明条法事类纂》、德山毛利家藏《新编事文类要启劄青钱》等，基本都是中国国内稀见的典籍。由于这批书印数普遍只有几百册，大部分已经非常难见。

一九六九年前大安社时期，古典研究会出版的精品中国古籍除了上述几种以外，还有静嘉堂文库藏刻本《名公书判清明集》和东洋文库藏本《皇明制书》，后者由山根幸夫校勘，以内阁文库本为底本，参照尊经阁文库、东洋文库、东京都立中央图书馆市村文库等多个版本补苴罅漏。《古典研究会丛书》选择版本之慎、工作之细，大抵类此。

四

大安社原本是在日本共产党的指导和支持下成立的出版公司，左派色彩浓厚，骨干及一半员工都是日共党员。故其售卖《人民日报》《光明日报》等刊物，背后也有宣传马克思列宁主义的考虑，只是中日两国兄弟党的蜜月期没有维持多久。

一九六六年二月二十八日，日本共产党中央总书记宫本显治（1909—2007）率代表团访问北京，受到热烈欢迎。在与刘少奇、周恩来、邓小平等中共中央领导人会谈后，代表团顺道访问了朝鲜，与劳动党领袖金日成见面，三月二十一日返回东京[1]。三月二十八、二十九日两天上午，日共代表团再飞抵上海，与中共领导人会面，期间却因国际共产主义运动战略问题产生严重分歧，闹得"双方都不愉快"，最后连联合公报都没有发[2]。

据日共代表团成员不破哲三（1930— ）回忆，上海会议中性格执拗的宫本坚持独立自主路线，拒绝做应声虫，在他看来，"武装夺取政权"道路既不符合日本国情，也违背日共的基本原则，日共是不能接受的[3]。当时两党领袖还都克制，以国际共产主义大局为重，没有把这一分歧摆上台面。但不到半年，双方的矛盾日益凸显。一九六八年二月十九日，东京大学医学部的学生为了抗议无薪实习制度，组织

<hr>

1　《赤旗》，1966年5月1日，第6—7版。
2　中共中央文献研究室编：《毛泽东年谱（一九四九——一九七六）》第五卷，北京：中央文献出版社，2013年，第571—572页。
3　不破哲三：《時代の証言》，东京：中央公论新社，2011年，第73—75页。

小规模罢工游行，与上田、春见等东大附属医院医师发生肢体冲突。事后，学生自治会委员长粒良邦彦在内的十七名涉事学生遭到严厉处分，还有人被直接开除。"春见事件"发生后，东大学生占领东大标志性建筑安田讲堂，声援涉事学生，要求撤销处分。

六月十七日，为避免事态扩大，医学博士出身的东大校长大河内一郎（1905—1985）向警视厅请求派一千二百多名警力来学校清场。校长的这种蛮横态度，如同火上浇油，激起了全校学子的同仇敌忾之情。血气方刚的青年学子们纷纷揭竿而起，七月"全学共斗会议"（简称"全共斗"）正式成立，决定将占领范围从安田讲堂扩大到医学、文学、工学、教养各学部，并封锁教室和研究室。

尽管最初的抗争理由完全正当，但和所有学潮一样，"全共斗"在与校方的对峙中变得越来越激进，要求越来越脱离实际，直至提出要解散"东京帝国主义大学"，建立"东京人民大学"，威胁要封锁全校。用当时被涂在校门口、铿锵有力的口号来说，就是八个大字——造反有理，帝大解体！

鉴于局面完全失控，十一月一日，大河内校长黯然辞职，由法学博士加藤一郎（1922—2008）接任。在辞职声明中，大河内希望学生们能就此结束抗争："事态至此，最大的责任便在我。作为校长，我感到无比惭愧。"并表示："大学对于医学院十一名学生的惩戒处分犯了明显错误，我将深刻反省，并将其撤销。"

学生对此不买账，校长下台后第三天，二号馆就发生了文学部林部长被"全共斗"学生软禁在教学楼内，连续四天不得脱身的恶性事件。十八日，著名学者丸山真男（1914—1996）在内的五十多名东大教授集体发声，一反之前支持学生的立场，强烈抗议"全共斗"侵害人权、违反宪法，要求肇事学生"立即停止监禁。同时呼吁那些良心未泯、尚且尊重人权的学生诸君们站起来，勇敢地采取行动"。

　　这份名为《呼吁学生诸君》的大字报，是东大纷争的转折点。自此学潮发生分裂，一边是保守的"代代木派"[1]，该派支持日共，主张取消封锁行动，与学校寻求和解，其主力是新成立的"民主化行动委员会"。另一边是激进的"反代代木派"，他们反对日共的旧路线，不但主张维持封锁，还试图扩大斗争，直至国家教育体系完成彻底变革。低年级学生大多属"代代木派"，老共斗会成员则大多属"反代代木派"。

　　十一月十二日两派学生发生了第一次流血冲突，之后双方各自在东京都高校间串联，汇聚力量，囤积武器继续武斗，巅峰时期有三百多所大学卷入纷争，一百四十多所学校遭到学生封锁。次年一月十八日，警视厅再次派出机动队强攻安田讲堂，头戴安全帽的蒙面"全共斗"学生爬到讲堂顶部予以还击，几天后北京《人民日报》以极具革命感染力的语言，报道当时情景：

　　　　十八日清晨，几名学生迎着刺骨的寒风，站在东京大学校内四十米高的安田讲堂钟楼上，用望远镜监视着反动警察的行动。

1　代代木是当时离日本共产党中央委员会最近的一个电车站，故以此指代日共。"代代木派"的名称最早由被日共除名的中野重治发明，暗含"你们日共不算是日本共产主义的代表，你们只不过是其中一个派系罢了"的意思。更为激进、反日共保守路线的新左翼，则自称"反代代木派"。

当他们一发现这批全副武装的警察逼近校园时，立即用安田讲堂屋顶上的播音喇叭发出了庄严的战斗号令："全体同学，注意！各就各位，准备战斗！"

不畏强暴的进步学生，在催泪弹散发的毒烟中，英勇迎击来犯的敌人。被水炮打得全身湿透的学生，毫不畏惧地拣起警察打过来的催泪弹还击敌人，用石块和燃烧瓶反击逼近他们的装甲车和警察，打退了警察的几次进攻。

战斗在工程系列品馆大楼里的四十名学生……同来犯的武装警察进行了六小时的激烈战斗。

战斗开始前，学生们在楼前张贴了一张大字标语，上边写着："下定决心，不怕牺牲……"

在战斗中，有些学生中弹受了重伤，但是他们互相鼓舞，坚持斗争……

经过近四十小时的疯狂进攻，直到十九日下午三点钟，反动警察才闯进了学生占领的最后一个战斗堡垒——安田讲堂，野蛮地逮捕了英勇坚持斗争的大约三百名学生。然而，这时在安田讲堂的屋顶上，仍然有六十多名学生挥舞着红旗，继续高呼战斗口号。直到暮色完全笼罩了整个讲堂的时候，反动警察才吃力地通过一道道严密的路障爬到讲堂屋顶。

从去年七月二日进步学生占领讲堂以来，讲堂屋顶上一天也没有停止过广播的扩音喇叭，这时候发出了豪迈的声音："胜利是属于我们的！日本全国学生、市民、工人们！我们的斗争永远不会停止！接替我们战斗的同志们，将再从这个讲堂向你们播音……"接着，学生们怀着对美日反动派的深仇大恨，毫无惧色地面对着越来越逼近他们的警察，引吭高歌。[1]

除了语气略显夸张外，这则报道的时间、地点、人数等细节基本正确。"安田讲堂事件"落幕后，东大纷争余波未平，一九六九年又因东京教育大学被迁至筑波，以及日本大学校长二十亿日元资金用途不明等事件再度爆发，只是斗争中心从东大转移到了其他学校。

受运动影响，离东大本乡校区仅十几公里的大安书店，员工也分裂为"日共派"（代代木派）与"中国派"（反代代木派）。"日共派"悍然发起了"不买中国书运动"，但这明显对会社内部的运营不利。一九六八年，小林社长解雇了两名"日共派"骨干分子，但却带来更大的麻烦——日本共产党以"不当解雇""思想迫害"为由，向大安社施压，书店门口、小林的私宅，甚至附近的神田电车站都贴满了抗议传单，居民们怨声载道。

感觉大安社不能长久的坂本健彦，与另两位社员嵯峨弘、大胡健一申请退社，得到小林的谅解。此举很快引发连锁效应，一九六九年五月十五日，古典研究会也正式脱离大安社独立，迁址到文京区后乐一丁目的甲武大厦，由长泽规矩也继续担任会长，同时成立新的下属出版社汲古书院，取明代毛晋藏书楼"汲古阁"之义。汲古书院的第一任社长是带头逃离大安社的坂本健彦。

1　《更无豪杰怕熊罴——记东京大学进步学生反镇压斗争》，《人民日报》1969年1月24日，第6版。

半年后，元气大损的大安社正式宣告破产，库存的《古典研究会丛书》也被拿来偿债，流入古书市场，此后再没有重印。性格倔强的小林实弥收拾残局，与大山茂、太田浩、关敏昌几位留守社员组建名为"满江红"的新公司，苦苦支撑，后来也关门大吉[1]。

一九七一年，日本左派运动退潮后，小林二度创业，组建燎原书店，寓意"星星之火，可以燎原"。书店几经迁址，最后回到神保町，开在当年大安社旧址附近，今天位于塚本大厦二楼。二〇一六年七月我到访该书店，看到里面生意萧条，正在打折处理库存，不知以后还能否支撑。倒是当年大安社的京都分店，在京大法学部毕业生土江澄男的运作下，不断发展壮大，演变为朋友书店。

五

曾经辉煌一时的大安社，最终解体为燎原书店、朋友书店和汲古书院三部分。一九七〇年前后，日本古书市场上二十四史稀缺，为了让另起炉灶的汲古书院打出品牌，长泽规矩也决定拿出自己收藏的和刻本正史影印出版。

虽然二十四史最好的底本，是由张元济主持的百衲本，但在长泽规矩也看来，江户时代的日本学者对于中国正史的研究不可磨灭，很多和刻本有其独到之处。比如荻生徂徕、志村祯幹共同校勘的《晋

1　山根幸夫：《古典研究会小史》，第 47 页。店名"满江红"应该来自毛泽东《满江红·和郭沫若同志》中"四海翻腾云水怒，五洲震荡风雷激"之句。

京都朋友书店

书》《宋书》《南齐书》《梁书》《陈书》，堀正修校勘的《新唐书》《五代史记》等，个别校语的水平甚至超越了清儒。何况日本还独存一些宋版书可供校勘，有些在中国反而见不到。

　　汲古书院社长坂本有不同意见，他主张直接拿当时北京中华书局出版，顾颉刚、陈寅恪、唐长孺等文史专家点校的二十四史排印本缩印。最后胜利的是长泽：早在大安社时期，还是普通社员的坂本在给长泽寄书时，曾因为包装草率导致书略有损伤，几天后长泽气势汹汹地来到店里，将其当面责骂一番。坂本后来回忆"作为爱书之人，这种行为我还是可以理解的吧"[1]，但两人地位之高下，由此可见一斑。

1　坂本健彦：《〈大安社史〉に寄せて》，载山根幸夫编，大山茂著：《大安社史：日中出版文化交流の一時代 1951 ～ 1969》，第 213—214 页。

出人意料的是，和刻本二十四史上市后好评如潮，一时出现治中国哲学、历史，以及日本史、美术史的学者争相购买的盛况。同年《唐话辞书类集》《汉魏六朝韵谱》先后出版，渡过了最困难时期的汲古书院，乔迁至千代田区饭田桥的新楼，此后再没有变过。

资金日渐充裕，中断了大半年的古典研究会例会也于十一月底重新召开。初期的汲古书院，最大的特色是出版了不少和刻本丛书，包括《和刻本经书集成》《和刻本诸子大成》《和刻本汉诗集成》《和刻本类书集成》等。但对于中国学者来说，和刻本影印古籍并没有大安社时期的《古典研究会丛书》那么珍贵。和刻本汉籍适应的是平安时代日本学者的训读法，江户时代读和刻本汉籍的日本人，不需要会说中文就能够理解文意，但对于中国人来说，这些符号不但毫无必要，还杂乱无章，有碍观瞻。

六

长泽主持汲古书院十年，策划出版了五百多种书籍，一九八〇年底逝世，他的最得力助手、庆应义塾大学名誉教授阿部隆一（1917—1983）在悼文中写道：

> 生在贫困之家，于逆境刻苦勤勉，最后成就一番事业的人往往备受尊敬，因他人皆知其不易也。然在顺境中长大，在优渥境遇中刻苦勤勉，将天赋超常地发挥出来，亦非常人所能及，但后者却往往被人忽略。

　　先生出生于明治时代的豪宅中，是才华横溢的公子哥儿。虽
说是公子哥儿，但却特立独行、爱憎分明。因棱角分明，故与物
多悟。但本性无邪，恃财·才傲物之事，鲜有听闻……其名曰"规
矩也"，故凡合乎规矩准绳者，则一步不让。节度严格，望之俨然，
听其言也厉，然即之也温。[1]

两段话不啻为长泽一生最精准的概括。写完悼文两年后，阿部
自己也去世，正在写的《宋元版之研究》一书也戛然而止。与长泽
不同，在阿部治学的年代，日本不可能再将东亚汉籍全掳掠至东京
的地下室，让学者从容整理，他多次赴北京图书馆、南京图书馆、
上海图书馆等地访书，其成果便是一九七六年出版的《中国访书志》。

随着两位最重要的书志学家离世，汲古书院的出版方向也
悄然改变，由原本影印研究资料为主，渐渐转向学术专著出版。
一九八二年《汲古》杂志的创刊，是这一转变的重要信号，榎一雄
在创刊号卷首发表《德富氏的藏书》，随后几年，他成为古典研究
会的顶梁柱。

很快到了一九八九年，榎一雄和岩仓规夫也驾鹤西去，山根幸
夫成为"古典研究会"第一批会员的殿军。山根终身兢兢业业，是
改革开放后最早和中国学界来往的日本学者之一。中国社会科学院
历史研究所研究员王毓铨（1910—2002）回忆，他在八十年代曾想
要读汲古书院影印的《皇明条法事类纂》，但苦于社科院图书馆的

1　阿部隆一：《長澤規矩也先生を思う》，《汲古》1982 年创刊号，第 28 页。

汲古书院外景

藏书借出不便。山根得知他的困难后，很快特地从日本给他寄来一套[1]。

　　任职东洋文库期间，山根主持"明代史研究会"，除了主编《明代史研究》期刊外，每周都在文库旧楼召开读书班，日本的东洋史研究者、院生不必论，东大的台湾留学生于志嘉、南开大学教授南炳文等亦参与其中。任教于多伦多大学的加拿大学者卜正民（Timothy Brook）也曾与众人一起研读过《惠安政书》，他回忆山根治学非常严谨，恨不能将生命灌注其中，而且"好像什么都知道"。

　　我最近与山根结缘，先是在五十岚书店买到汲古书院一九八五版、有"山根幸夫藏书"章的船越泰次《宋白续通典辑本》；后来

1　王毓铨：《〈皇明条法事类纂〉读后》，《王毓铨史论集》下册，北京：中华书局，2005年，第876页。

又淘到二〇〇四年出版的《为中国研究而生 第三》签赠本，里面有
一篇悼念栗林宣夫的文章，结尾写道：

> 志江夫人曾对我说过，栗林氏三四年前得了重病后，以此为
> 契机对藏书进行了整理。他说藏书最好不要死藏，不然会沦为无
> 用之物，如果能流回古书市场，让广大研究者们重新所用，对于
> 学术研究不是最有益的吗？对于栗林教授的这番话，我深为认同。[1]

　　也许这就是作者身后任由藏书四散，而不捐给某个图书馆设立
"山根文库"的原因，也是四十多年前"古典研究会"成立时的真
正旨趣所在。

1　山根幸夫：《栗林宣夫教授を偲ぶ》，《中国研究に生きて 第三》，第115页。

一人古本屋：弘文庄

昭和二年（1927），东京帝国大学毕业生反町茂雄（1901—1991）决定去一诚堂书店当学徒工的时候，所有人都觉得他疯了。

反町所在的东大法学部，是全国学子梦寐以求之地，律师和政治家的摇篮，考进这里等于一只脚迈进了上流社会。而书店的学徒工大多是小学或初中毕业的农家子弟，住在集体宿舍，每天被人呼来唤去，擦窗抹地，搬箱摞书，从早晨七点干到晚上十二点，每月单休，月薪仅二十日元[1]。经过媒体报道，东大高才生自毁前程之举引发热议，成为人们的一大谈资。

半个多世纪后，反町回忆自己当年决心以东大学长、岩波书店创始人岩波茂雄为榜样，从最底层开始做起，过几年后再挺进出版业，开出自己理想中的书店。既有此志向，何妨赌一把？一诚堂作为神保町标杆性的古本屋，对毫无背景的反町来说，无疑是最好的起点，何况店主酒井和他还有同乡之谊。

---

1 当时东大法学部毕业生第一年平均月薪是八十日元左右，早稻田等私立大学毕业生第一年平均月薪大约是六十日元。

一

　　明治三十六年（1903），酒井宇吉（1887—1940）在新潟县长冈市创办一诚堂，三年后迁址东京神田。虽然是地方出身的书店，但在关东大地震后书价暴涨的纷纷乱世中一诚堂却异军突起，与另一本土巨头南海堂平分秋色。

　　位于神保町交叉路口的一诚堂书店，主要经营稀见古典籍和绝版学术著作，囊括日中英西各语种，以选书精细独步业界。北京大学荣新江教授回忆，他在荷兰莱顿留学时遍寻不到薛爱华（E. H. Schafer, 1913—1991）的《撒马尔罕的金桃：唐朝舶来品研究》（*The Golden Peaches of Samarkand: A Study of Tang Exotics*），一直引以为憾，多年后去东京访学，居然在一诚堂买到该书一九八五年的加州大学初印本 [1]。

　　一诚堂从老板到店员，都对反町非常看重。两年后，他被提拔至管理层，开始接触书店的核心业务。不到三十岁的他被派去各地参加古籍拍卖会，那里是这位新手的练习场。为了在机会转瞬即逝的拍场中胜出，他一有空就埋首书堆，苦学各类版本学知识。

　　昭和六年（1931）十月，凭借着傲人的利润，一诚堂在神保町交叉路口建成地上四层、地下一层的钢筋混凝土新馆，在当时日本古书业界中独一无二。翌年九月，工作了五年半的反町茂雄提出了

1　荣新江：《莱顿的旧书——海外中国文化研究一瞥》，《中国典籍与文化》2003 年第 4 期，第 43—48 页。

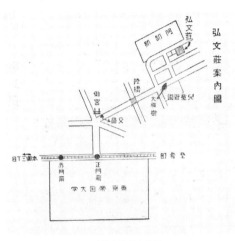

弘文庄地址案内图

辞呈——在省吃俭用、几乎无休多年后，他手上已经有了五千多日元的储金，相当于今天的七千万日元[1]，或者四百万元人民币。凭藉这笔启动资金，反町在东大附近的本乡森川町创办弘文庄，开始独力经营稀见和汉古典籍。

弘文庄开业仅五天，二代目安田善次郎（1879—1936）前来拜访，慷慨赠送万治二年（1659）京都书肆伊藤三右卫门刊《伊曽保物语》一本以示支持。二代目原名安田善之助，是安田财阀创始人安田善次郎（1838—1921）的长子。大正十年（1921），一代目安田善次郎在家中会客室被暗杀，二代目袭名并继承家族财富，开始广泛搜书，并创办“松乃舍文库”。

除了二代目安田外，弘文庄还从老东家那里带出不少大顾客。

1　反町茂雄：《一古書肆の思い出 1：修業時代》，东京：平凡社，1998 年，第 327 页。

开业之初，反町定下三不主义："一、不借钱，二、不雇人，三、不买卖廉价书和普通书。"如果说第一和第三条还属于经营策略的话，那么第二条纯粹是出于政治立场。反町在东大法学部读书时深受马克思、恩格斯、河上肇等左派思想家影响，痴迷于《共产党宣言》、克鲁泡特金《革命者回忆录》等书，他反感阶级压迫和剥削，因此决意谢绝雇佣劳动这种"资本家的经营模式"[1]。

创业第二年开始，反町茂雄每年编辑出版《弘文庄待贾古书目》。在昭和八年（1933）五月的创刊号中，他重申："弘文庄是专门经营和、汉、洋善本书的特殊书店。由于能力微弱，故只买卖稀见书和珍贵古籍，普通书籍、二手新书皆不问津，除了订购以外，其他交易，一概谢绝。"又称："弘文庄同时从事书志学、国文学为主的善本书之出版。接洽出版时，望对方能够提出充足的理由，廉价出版物烦请勿扰。"[2]

《弘文庄待贾古书目》的体例与老东家的《一诚堂古书目录》或文求堂书店的《文求堂书目》皆不同。反町不仅列出了书名、版本、作者、价格这些信息，还为每部书撰写解题，详细介绍其由来，附上书影，本身就是留真谱加书志学著作——有同行看后惊叹："可以说是奢华至极。"[3] 比如第二号的《弘文庄待贾古书目》，曾这样介绍蓝泽子敬（1792—1860）的手稿本《孟子古注考》：

1　反町茂雄：《一古書肆の思い出 1：修業時代》，第 351—352 页。

2　反町茂雄：《一古書肆の思い出 1：修業時代》，第 389 页。

3　森铣三：《読書日記·昭和八年》，《森铣三著作続編》第 14 卷，东京：中央公论社，1994 年，第 9 页。

1936 年 1 月《弘文庄待贾古书目》

　　蓝泽子敬，名祗，号南城，越后刘羽郡人。从片山兼山学，学成后归故里，文政三年起，设家塾三余堂，教学逾四十年，从学弟子两千多人，以北越第一大儒名噪一时。于《三礼》、《孝经》、《论语》、《孟子》，皆能成一家之言。本书即南城之手稿本，为对赵岐著《孟子古注》之考证。其自序云：

　　　　"岐在患难之中，而执志不挠，首尊信孟子，为之训解，其勤苦使人起敬，实孟子之忠臣，学者模范也。故后世注家如程、朱诸先生，亦其初不得弗以此书为梯筏也。而今人多忽略不治，好古之士盖慨焉。余今作《古注考》，考正得失是非，加以异闻，而一二愚得附焉。非敢妄疵痕之，亦聊寓偿正之意云。"

　　以此明其述作之意。此书因未付梓，故仅有稿本。纵九寸、横六寸四分，共二百七十余叶。参照图版第六十七号。[1]

1　反町茂雄：《弘文荘待賈古書目》第二号，东京：弘文庄，1933 年 12 月 1 日，第 67 页。北京大学图书馆藏宿白赠书，末页钤"北平大众书社"章。

因为书籍少，弘文庄只有书库，没有实体店面。客人在浏览书目后，打电话向反町咨询，若书还在，才可以下单、汇款，等待邮寄。想来店里看原书必须提前几天预约。

今天日本还有弘文庄这样的经营模式，比如东京江东区有家鹤本书店，专售中国、朝鲜及东亚研究相关书籍，网站上明确注明其书库分散各地，"亲自来访，诚难接待"，想看品相只能发邮件索要照片。东京大学西边还有杉原书店，我曾查得那里有一套汲古书院影印本正德《大明会典》待售，找到后发现里面只有一张写字台，正在伏案工作的老板看到我进来，一脸惊愕，开口第一句话竟然是：

"对不起，您要的书我们这里应该没有。"

二

独立开店之初，反町茂雄的古书鉴别能力稚嫩，幸亏认识不少硕学，可以随时向他们请教。弘文庄虽然是一人书店，但背后顾问团队却非常豪华：研究日本文学的池田龟鉴，研究古籍版本的川濑一马、长泽规矩也、新村出，研究洋书的冈本良知、吉田小五郎，研究佛教的秃氏佑祥、大屋德诚，等等。

反町也提高自己，他收集各种古书拍卖会目录，很多是别人随手丢弃不要的，几十年下来，总共收藏了《水谷文库藏书贩卖目录》《无佛庵藏书颁布目录》《大桥书店贩卖目录》等近七千部，去世前全部捐赠给千代田图书馆[1]。通过反复比对、研究不同时期书籍的版本、价格和流传顺序，法学部毕业生渐识古书之堂奥。

大正末年到昭和初年的十年间（1926—1936），既是日本古籍流通的激荡期，也是书志学研究发达的时代。与明治初年森立之、岛田翰等版本学家相比，这时期日本藏家和研究者的兴趣渐从汉籍转向国文书。宋、元、明版汉籍依然受到追捧，春日版、五山版、高野版、嵯峨本这些和刻本古籍，才是热心国粹之人的最爱。

随着国力的强盛、军事的扩张，日本一举从明治初年的古籍流出国变成净流入国。当年清国外交官杨守敬、黎庶昌，英国外交官萨托（Ernest Mason Satow, 1843—1929），瑞典探险家诺登舍尔德（Nils Adolf Erik Nordenskiold, 1832—1901）以低价在东京大收古籍的传奇，已经变成陈年往事。这时期来自中国大陆和台湾，以及朝鲜乃至欧洲的古籍，源源不断地涌入，甚至干脆被掠夺至东瀛四岛。

时代风气转变的先驱是东京帝国大学理学部地质学科教授和田维四郎（1856—1920）。和田号云村，福井县人，明治八年（1875）任开成学校教授，后历任内务省地理局长、东京帝国大学教授、枝光制铁所所长等职，明治二十五年（1902）当选日本矿业会会长，大正六年（1917）当选日本贵族院议员，位高权重，尤其嗜好古书。

和田维四郎和荷兰汉学家高罗佩类似，都属于学界"热情的门外汉"（Passionate Amateurs）。和田用自然科学方法研究古籍，颇有成就，著有《访书余录》《嵯峨本考》等。弘文庄开业那一年，反

1　柴田光彦编：《反町茂雄收集古書販売目録精選集》，东京：ゆまに书房，2000 年。

町将从和田后人手中获得的《访书余录》手稿本影印出版，川濑一马颇不以为然，他认为这部玩票著作没有再影印的必要，劝阻反町道："现在学术研究显著进步，早已超越了和田的业绩，还不如印些别的。"[1]

截止到昭和十四年（1939），弘文庄出版了冈本良知《十六世纪日欧交通史研究》、井上通泰《南天庄次笔》、森铣三《近世文艺史研究》等近十部著作。但编辑学术书的巨大工作量让反町茂雄心力交瘁，他最后决定忍痛砍掉出版业务，这样"经济上的损失很小。但相反，事务层面的繁杂却能够大大减轻"[2]，专注于古书买卖。

反町几乎参加了昭和时期所有重要的拍卖会，将见闻写进《古书肆回想录》中。二战之前，他既有在松浦伯爵家拍卖会上惊险拿下金泽文库旧藏《文选》钞本第一百十六卷的快意，又有在皎亭文库拍卖会上准备不足，最终一败涂地的失落。要论印象最深的，还数昭和十三年（1938）六月在大阪那场空前绝后的富冈文库拍卖会。

富冈铁斋（1837—1924）是土生土长京都人，著名的文人画家，于儒、佛、道都有所涉猎，与中国学者罗振玉、王国维，画家吴昌硕来往密切。富冈的藏品以日本古籍居多，汉籍部分也精品迭出，吸引了全国各地古书店前来竞拍。文求堂、浅仓屋、一诚堂、村口书店等闻讯从东京赶来，京都方面则来了佐佐木、细川两位有实力的私人买家。

1　反町茂雄：《一古書肆の思い出 2：買を待つ者》，东京：平凡社，1998 年，第 24 页。
2　反町茂雄：《一古書肆の思い出 2：買を待つ者》，第 246 页。

　　拍卖会由大阪鹿田松云堂组织，由于四代目鹿田静七的出色营销，古籍的成交价冲上了天，和两三年前比暴涨近十倍。唐写本《毛诗正义》残卷、诗仙堂旧藏宋版《新编翰苑新书后集》、宽正四年写本《新叶和歌集》……每部在落槌前都经过了一番血腥拼杀。竞争太过激烈，反町茂雄最后只斩获了明钞本《永乐大典》三册、长野清良手稿本《定本万叶集》、明万历刊本《廉明奇判公案》几种，以及印谱若干。

　　这场古书业界的狂欢没过多久，次年七月警视厅传唤古书组合的骨干成员，责问为何不遵守《价格等统制令》，要求他们尽快制定古书价格表，以后必须严格按定价贩卖古籍，不允许再哄抬物价。此命令不啻为晴天霹雳、兜头凉水。八月中旬，全国古书联盟召开临时会议，匆忙制定《自肃自戒古书籍标准价格表》，之前已经确定的四十多场拍卖会全部取消[1]。由于价格管制，各地的古书交易如同落入冰窟，交易总额直线下降。

　　昭和十七年（1942）春天，日本帝国的版图达到巅峰：东至马绍尔群岛，南至荷属东印度，西至缅甸，北至阿留申群岛，连印度、夏威夷、澳大利亚，也是指日可待。但几个月后日军在太平洋战争中连吃败仗，兵员短缺，很多古书店的员工，甚至老板自己都被派上了战场。

1　反町茂雄：《一古书肆の思い出 2：買を待つ者》，第 406—407 页。此后书籍价格表每年有所更新，见《古書籍公定價格並改正追加発表》，《読書と文献》，1942 年第 2 卷第 7 号，第 1—13 页；前田福次郎：《古書籍公定價格の改正に際して》，《読書と文献》，1943 年第 3 卷第 6 号，第 1—10 页；《古書籍公價改正》，《読書と文献》，1944 年第 4 卷第 3 号，第 1—14 页。

　　海上交通线受阻，国内纸张严重短缺，那一年，发行了十五期的《弘文庄待贾古书目》被迫中止，六年后才复刊。根据反町的观察，昭和十八年（1943）十二月，东京、京都、大阪等大城市的书店还在营业的不到三分之一，东京古书业中心神田区因为学生数量锐减，生意萧条[1]。战争临近结束的昭和二十年（1945），古书业界"衰颓至极，气息奄奄。生意处于半休止状态，神田、本乡、早稻田乃至整个首都的古书店，不但店里没有什么书，有时候去，连老板和店员都看不到"[2]。

　　四月十三日和五月二十四、二十五日，东京遭到盟军三次大规模地毯式轰炸，皇居以外几乎全部陷入火海，首都几近瘫痪，南阳堂、细川书店、丸善书店等老店付之一炬。在之前的空袭中被烧掉五百多册藏书的反町吸取了教训，提前将弘文庄的善本书分批转移到郊外山村，总算逃过一劫。

三

　　昭和二十年八月十五日天晴，新秋渐近，夏意未央，微风携来丝丝凉意，几片薄云停驻在空中，纹丝不动。前一天的广播通知东京市民，今天正午有重要通知发布，所以反町待在家里，和妻子、六个子女一起围坐在收音机旁。听完天皇略显僵硬的"玉音放送"后，

1　反町茂雄：《昭和十八年の古本界》，《読書と文献》，1943 年第 3 卷第 7 号，第 1—2 页。
2　反町茂雄：《一古書肆の思い出 2：買を待つ者》，第 441 页。

夫妻俩如释重负：

　　"啊——啊，果然是这样呢。"

　　"是呀。"[1]

　　战争结束了。

　　东京被炸回江户时代：电话不通，电车停驶，人们出门靠双脚，通讯只能写信或寄明信片。尽管一片断壁残垣，反町在终战第二天就恢复工作，他步行至一诚堂、松村书店、山本书店，收购古书近千元，完成了可能是战后的第一笔古书交易。书商比顾客还多的情况持续了很久，九月底东京古书组合会长村口四郎退伍回国后，古书界的元气才逐渐恢复。

　　书店基本还是那些书店，但顾客已经今非昔比。

　　岩崎、三井、住有、安田等大财阀被美国占领军勒令解体，拆分为不同小公司，隶属财阀的东洋文库、静嘉堂文库的运营随即捉襟见肘，不再购入古籍。私人买家方面，弘文庄初期的四大顾客中，二代目安田善次郎十年前身亡，松乃舍文库藏书四散；池田龟鉴因为鼓吹学生参军，被大学休讲，生计堪忧，不得不将《源氏物语》《伊势物语》等珍贵抄本委托弘文庄出让；《朝日新闻》社长上野精一遭到"公职追放"，不但资产被冻结，连工作也丢了。

　　战前的日本精英阶层，教授、政治家、企业家等，大部分遭到清算，购买力急剧下跌。"延续了七、八百年的公卿贵族，当了三、

1　反町茂雄：《一古書肆の思い出 3：古典籍の奔流横溢》，东京：平凡社，1998 年，第 18 页。

四百年支配阶级的旧大名家，以三井、鸿池两家为代表，从大正和昭和年间兴起的都市富豪阶级、地方大地主们，藏书全部散出，实在是前所未有，"反町感叹道，"就连寺庙都未能幸免。"[1] 如此大规模的社会动荡，唯有八十年前明治初期的版籍奉还、废藩置县及灭佛运动，差可与之比拟。

华客凋零之际，天理教二代真柱中山正善（1905—1967）硕果仅存。由于一代真柱中山真之亮（1866—1914）早逝，长男正善仅二十岁就继任为天理教教主。昭和元年（1926）少年教主考入东大宗教学科，师从姊崎正治，在反町毕业两年后，凭《论传教》拿到学士学位。

日本天理教创立于江户末年，原是日本神道教派的分支。该教奉教主为"真柱"，提倡信众放弃私心，将全部财产捐献给教会。还在东大上学时，其貌不扬的正善就已经是大富豪，爱古书的他曾去一诚堂书店，爆买两千五百日元的古书，让负责接待的反町目瞪口呆[2]。

昭和初年，天理教向中国大陆渗透，通过天理中学校、天理外国语学校培养传教人才。由中方报纸所见，三十年代初该教在浙江、北平、东北等地都有传教活动[3]。在华南传教中心上海，不但在靶子路（今武进路）建有天理教传道厅——正善称其为"海外传教史上

1　反町茂雄：《天理図書館の善本稀書》，东京：八木书店，1981 年，第 343 页。

2　反町茂雄：《天理図書館の善本稀書》，第 224—232 页。

3　《制止日人在浙传教》，上海《申报》，1931 年 8 月 17 日，第 8 版；《杜延年在首都女法政讲习所演讲》，上海《申报》，1934 年 7 月 25 日，第 14 版。

的划时期壮举"[1]——还有名为"天理同学会"的组织。

昭和十七年（1942）三月六日，中山正善由长崎扬帆去上海，九日至十三日间逗留南京，他访问中国派遣军总司令部、日本大使馆和南京总理事馆，接着与行政院长汪精卫（1883—1944）、外交部部长褚民谊（1883—1946）、宣传部部长林伯生（1902—1946）等官员会面，汪精卫赠其手迹一幅，云："独立宇宙间，清风洒兰雪"[2]。由《宁沪土产》《从上海至北平》两部游记的笔触可见，中山正善支持"大东亚圣战"，他认为日军的到来让上海、南京等地的市政建设焕然一新，民众生活水平大为提高。更重要的是，日军每占领一地，便清除"榨取东洋"的欧美人势力以及基督教会，他所领导的天理教从中受益。至一九四〇年代初，天理教徒总数一度接近五百万人。

天理教徒在日军中扮演的角色，类似于英美军之随军牧师，中山正善在中国时就亲自主持了多场"皇军战没将士慰灵祭"，严格来说也属于战争辅助活动。但二战末期，盟军在对日本狂轰滥炸的时候，为了保护文物避开了京都、奈良、金泽三座古城，位于奈良县丹波市的天理教总部因此安然无恙。战争结束后，由于天理教属于宗教法人，美国占领军宽以待之，不但未追究责任，还给予免税等特权。

二战刚结束那十年，用一句话概括日本古书市场就是："财阀

1　中山正善：《寧滬土產》，奈良：天理时报社，1943年，第10页。

2　中山正善：《寧滬土產》，第3、28、46—48、140—145页。

跌倒，天理吃饱。"当时唯一能和正善掰掰手腕的是英国人霍利(Frank Hawley，1906—1961)，但这位精通日文的《泰晤士报》记者在京都过世后，所藏"宝玲文库"中最珍贵的一千多部琉球文献、五山版古籍等，也以入天理图书馆而告终。

书界制霸的中山正善，虽然也零敲碎打地买古籍，但更热衷于将战后日本散出的大小文库成批收入。通过反町茂雄的中介，他将弘文堂老主顾上野精一、池田龟鉴的旧藏成建制地收入麾下，还先后购入佐佐木信纲"竹柏园文库"、伊藤仁斋"古义堂文库"、松平定信"乐亭文库"、藤井乙男"保井文库"、村冈典嗣"村冈文库"、矢野仁一"矢野文库"等，仅花五六年时间，就积累善本六、七万部，堪称大跃进[1]。

四

中山正善的搜书活动大致分为两期：前期从昭和四年到昭和二十年，属发轫期；后期从昭和二十年至昭和四十二年，属狂飙突进期。据反町估计，后期所收善本数量大约是前期的九倍[2]。它们后来都成为天理图书馆之藏书，直到正善过世，这种疯狂扩张才告一段落。

一九七五年，由反町参与策划，天理图书馆将馆藏珍品影印出版，首先完成《天理图书馆善本丛书·和书之部》六期共八十部。

1　反町茂雄：《天理図書館の善本稀書》，第411—412页。

2　反町茂雄：《天理図書館の善本稀書》，第385页。

五年后,由入矢义高、小川环树等人主持的《天理图书馆善本丛书·汉籍之部》也在八木书店陆续出版。丛书一律棕色封皮精装,带函套,版面大小则根据原书调整,延请专家学者撰写解题,到一九八二年止,总共出齐十二册:

　　　第一册《古文尚书·庄子音义》

　　　第二册《文选·赵志集·白氏文集》

　　　第三册《集千家注杜工部诗集（上）》

　　　第四册《集千家注杜工部诗集（下）》

　　　第五册《西域求法高僧传集》

　　　第六册《说文解字篆韵谱·详备碎金》

　　　第七册《御制逍遥咏·玄风庆会图》

　　　第八册《增修互注礼部韵略》

　　　第九册《圣宋千家名贤表启翰墨大全·翰林珠玉》

　　　第十册《三分事略·剪灯余话·荔镜记》

　　　第十一册《永乐大典》

　　　第十二册《三遂平妖传》

　　丛书以宋元明稀见刻本为主,兼收各类钞本。如第二册收录有观智院本元德二年钞本《文选》卷二十六,平安中期抄本《五臣注文选》卷二十,金泽文库旧藏平安中期钞本《文选集注》卷六十一、百十六,平安时代中期钞本《赵志集》,永仁元年钞本《白氏文集》卷三,正应二年钞本《白氏文集》卷四,金泽文库旧藏宽喜三年钞本《白氏文集》卷三十三。

　　从上述各种来源、各种年代的钞本可见，中古时期的人得书相当不易，仰赖钞本。到了宋元时代，雕版印刷才开始普及，如第十册建阳坊刻本《三分事略》《剪灯余话》等，但普通读书人要买一部完整的《昭明太子文选》或《白氏长庆集》，还得等到中国明代，或江户时期刻书大行之后，方才有可能。

　　明清两朝各有一套大型官方丛书，即《永乐大典》和《四库全书》，还是采用传统的人工抄写。天理图书馆现存《永乐大典》零本十六种，其中至少有三册，是民国三年（1914）董康携至日本十七册中的一部分。根据反町的记录，可以还原其流传顺序：董康将它们卖给富冈铁斋，三十多年后，反町在富冈文库拍卖会中以近两千七百日元拍下，后又转售中山正善[1]。

　　除了《永乐大典》外，《天理图书馆善本丛书·汉籍之部》所收还有若干部来自弘文庄。一九四五年，原属上野精一的正应二年钞本《白氏文集》卷四，由反町亲自鉴定、编目[2]；《赵志集》和《白氏文集》，曾是三井财阀代表益田孝的私藏，由弘文庄代售[3]；《南海寄归内法传》，原是神奈川电气株式会社社长松田福一郎之物，反町以七万日元拍下；平安中期抄本《五臣注文选》，三条公爵家旧藏，反町以九万五千日元购自柏林社[4]。

1　反町茂雄：《一古書肆の思い出 2：買を待つ者》，第 275 页。

2　反町茂雄：《一古書肆の思い出 3：古典籍の奔流横溢》，第 184 页。

3　反町茂雄：《天理図書館の善本稀書》，第 181 页。

4　反町茂雄：《一古書肆の思い出 4：激流を棹して》，东京：平凡社，1998 年，第 165—167、369—370 页。

丛书第十二册，明万历年间世德堂刊本罗贯中《三遂平妖传》二十卷，是刊刻年代最晚的一部书，但目前全世界仅存两部。第一部今存北京大学图书馆，原是马廉（1893—1935）的旧藏。马廉字隅卿，曾任孔德学校教务长，北平师范大学、北京大学文学系教授，在民国时期江、浙、皖人垄断北京各大学教职的年代，他是著名的"鄞县五马"之一，专攻中国小说、戏曲史。据《不登大雅文库书目》记载，此书购自琉璃厂来熏阁，费四十五元，马廉对之爱不释手，甚至将书房改名为"平妖堂"。二十年代末，吉川幸次郎在中国访学时，曾过眼这部钤有"不登大雅之堂"和"隅卿读书"印的万历年间《三遂平妖传》，叹为天下孤本。

昭和十三年（1938），已经回国任教京都大学的吉川幸次郎，在拿到富冈文库拍卖目录后，方知日本国内居然还有一部世德堂本《三遂平妖传》！又惊又喜的他找到临川书店老板武井氏，从口袋里拿出一百日元"巨款"，委托老板代自己入扎。"如果买到了，就制一枚'后平妖堂'印，让马廉大吃一惊，我这么窃喜着。"[1]吉川明显低估了这本书的价值，拍卖当天它的价格一路飞涨，最终文求堂主人田中庆太郎以四百日元将其拿下。

拍卖会结束不久，吉川的同事小川环树去东京时路过文求堂书店，老板还得意洋洋地向他展示这部《三遂平妖传》。"这书我是买来把玩的，绝对不会卖。"[2]话虽如此，该书所钤天理图书馆收藏印上，

1　吉川幸次郎：《後平妖堂記——天理図書館への書簡》，《吉川幸次郎全集》第 22 卷，第 280 页。
2　小川环树：《平妖傳》，载《三遂平妖傳·附録》，东京：八木书店，1981 年，第 56 页。

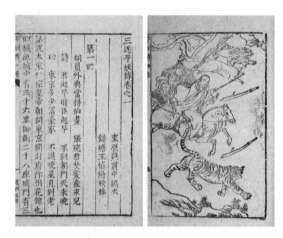

天理图书馆藏明刻本《三遂平妖传》

依稀有"昭和廿二年三月廿三日"的字样，可知在庆太郎生前已经售予中山正善，转让价已不可考。

入藏富冈铁斋家之前，这部《三遂平妖传》曾由小津桂窗收藏，天保四年（1833）被江户时代著名小说家曲亭马琴借去一观，并应书主人的要求，写下长跋云："伊势松阪桂窗主人，吾忘年之友也。才长于国风，且嗜读稗史，常所藏弄有《平妖》旧本四卷，客岁购得之于京师书贾，云予眷之欲见，渴望稍久。主人亦思欲就予，详其书新旧与作者巧拙，因邮附以允借焉。于是翻阅再三，初知是书瑰奇，王缑山所云可与《水浒》颉颃者，是非过论也。"

武士家族出身的曲亭马琴，是幕府末年日本最知名的小说家，一生著书凡二百多种，包括《南总里见八犬传》《倾城水浒传》《近世说美少年录》等名作，因仰慕李渔，五十八岁后又自称笠翁，故此跋署名"皇和天保四年癸巳夏肆月之吉把笔于著作堂南簷石榴花开处。蓑笠翁渔隐撰并书"。

马琴通晓汉文，爱读中国古典小说，擅长将其情节移植到江户背景中。他精读《三遂平妖传》后，就借鉴其情节写成《开卷惊奇侠客传》。昭和二十七年（1952），马琴的日记稿本八册出现在拍卖场上，上面有小津桂窗来访的记录。反町拍得此稿本，录入第三十号《(创业二十五周年纪念）弘文庄善本目录》中，也被正善买走[1]。

五

战后第三年的秋天，反町茂雄在回家的路上，偶遇老朋友森铣三（1895—1985）。十多年前森氏的《近世文艺史研究》曾在弘文庄出版，当时他一边在东京大学史料编纂所工作，一边为多家学术杂志撰稿，虽没有大学学位，却是知名的书志学者。因为稿酬颇丰，昭和十七年（1942）他干脆辞去名古屋蓬左文库的研究员职位，在家专心写作。

重逢那天，森铣三看上去有些落魄。一问才知道，和近七成的东京市民一样，他的家在空袭中被烧毁，研究资料荡然无存，现在无家可归，只能和妻子借住在朋友那里。被问到如何谋生时，森氏凄凉地回答："没有工作，反正这年头，我这样的人很难吃上饭，原来的那些杂志，也全都没了。"[2]

1　反町茂雄：《一古書肆の思い出5：賑わいは夢の如く》，东京：平凡社，1999年，第204—210页。

2　反町茂雄：《一古書肆の思い出4：激流を棹して》，第25—26页。

在战后头几年，人们不再对精致文艺感兴趣，只想快速麻痹自我。最流行的书是田村泰次郎《肉体之门》、太宰治《斜阳》之类的情爱小说，封面清凉、内容刺激的"粕取[1]杂志"，充斥大街小巷[2]。森铣三说他现在"什么都能做"，这句话深深触动了反町。第二天，他打破自己坚持了近二十年的"不雇人"戒律，在弘文庄二楼为森氏辟出一间办公室。

从周一到周五，森铣三每天上午十点来到弘文庄，帮忙鉴定各种写本、刻本、古地图的年代，撰写解题，工作到下午四点，每月领取名义上是"谢礼"的薪水。反町一直坚持"即断·即决·即金"原则，遇到善本果断买下，但如果事后发现是赝本，则不计损失，一概毁弃。有虫蛀、污损等瑕疵，则找专业技师修复后再上目录，修复材料用与原书颜色、光泽最接近的纸张、布料或木轴[3]。严苛标准下，恐怕也只有森氏这样谨慎的书志学家，才够当反町的助手。

两个人的合作时间没有超过两年，昭和二十五年（1950）四月森铣三接受早稻田大学的聘任，担任该校教育学部书志学讲座教授，"从此有了与年轻学生接触的机会，不用再一天到晚与满是虫蠹的古书打交道，生活发生了巨大变化，心情也愉悦很多"[4]。此后，弘文庄又变成了反町茂雄一个人的古本屋。

1　粕取，发音为"カストリ"，原指从酒糟中提取的劣质烧酒。

2　约翰·道尔著，胡博译：《拥抱战败：第二次世界大战后的日本》，北京：生活·读书·新知三联书店，2008年，第117—126页。

3　反町茂雄：《一古書肆の思い出5：賑わいは夢の如く》，第20—28，32—33页。

4　森铣三：《私の読書生活》，《森铣三著作集続編》第14卷，第552页。

昭和五十七年（1982）二月，最后一期《弘文庄待贾古书目》出版，恰逢创业五十周年，反町茂雄也已经年逾八十。在生命最后十年，反町专心著述，先后编辑《纸鱼往事 明治大正篇》《纸鱼往事 昭和篇》，并出版《搜书家·业界·业界人》《日本的古典籍》等著作，回忆录也一本接一本地出，但只完成了四卷半，写到昭和二十八年（1953）年初，就戛然而止。

古书店变形记：光和书房

东京都书店停业的消息，每隔几个月就能听到一例。二〇一九年五月，又得知代代木站附近的东丰书店即将关门，目前库存书半价处理中。东丰是东京少数几家华人经营的书店，社长简木桂出生于日本殖民统治时期的台湾，今年年逾九十，自东京奥运会开幕以来已经卖了五十多年中文书。这家三楼书店以无数旧书层累堆放、犹如迷宫而知名，被称为"东京的九龙城""代代木的魔窟"。一位日本的清史研究者回忆学生时代找书的情形道："店面很窄，书横放堆得很高。进店时总感觉书山快要塌下来，在店门口把背包放下，人才能进得去。"

来自国外的研究者，也能在这里找到搜寻已久的书籍。二十世纪八十年代，历史学家周一良（1913—2001）曾到访东丰书店，购得大化书局版《新编事文类要启劄青钱》，并留下了相关题记[1]

---

[1] "昔年曾见此书之日本影印本于灯市口，索价人民币三十元，未止日收之。八五年四月于东京东丰书店复遇此册，以日元四千五百元购归。一良。"《周一良读书题记（三）》，《中国典籍与文化》2004 年第 3 期，第 122 页。

在老派书店日渐凋零的同时，图书网购却方兴未艾。在日本，网购古书有两种主要渠道：一是古本屋，二是雅虎拍卖。古本屋的书基本是实体书店经营，价格不比店里便宜，还要多加运费。雅虎拍卖以私人卖家居多，交易手续简单，书籍流转速度更快。最近几年好书越来越多地在雅虎拍卖上出现，价格也比古本屋低廉。而且神保町不能随时去逛，雅虎拍卖却可以一直关注，即使人在国内，也能拜托在日本的友人转运。

一

记不清什么时候开始在雅虎拍卖上关注汤米（tomitomi2233），只知道从这位卖家那里买到的书很多，超过东京任何一家实体书店。很多时候我会猜测隐藏在账号背后的人是谁，年龄多大，从业多久？是专业书商，还是业余散书？根据包裹上的寄信人信息，汤米真名叫佐藤博幸，发货地址在东京都江东区盐滨某地，其他情况则一无所知。

网上拍卖不加宣传，不编目录，落槌之后网页自动消失，简直阅后即焚。汤米的售书套路讲究，把落槌时间设定在每周六或周日晚上的十点到十二点之间，周末这个时段人气最高。雅虎拍卖有延时功能，最后五分钟内有人出价则向后顺延，个别拍品的战线会拖得极长。汤米曾出过一套万历三十三年建安书林余氏刊本《叶太史参补古今大方诗经大全》，十五卷十一册。那天晚上十几个买家不断出价，你来我往，翌日清晨才落槌。

一拨拍品落槌的同时，汤米会马上补新货，基本每周更新一百二十部书，偶尔增加到一百五十或两百部。普通卖家只给几张小图，模模糊糊，勉强看清书名和版式。汤米则用高清相机拍上十多张照片，第一张旁摆上量尺，长、宽、高一目了然。接着依次摄入目录、出版地、出版时间、藏书章等重要信息。如是零本，或有破损、斑点、褪色、脱胶、虫蠹等瑕疵，也会给特写或说明。

　　书的种类庞杂，大致可分三类。第一类是善本古籍，包括宋代写经残叶、明刊本、清刊本、朝鲜铜活字本等，有些不是全帙，或被蛀得满是孔洞。第二类是普通古籍，如江户时代和刻本、清至民国刊本、石印本、旧杂志等。第三类是普通书籍，如民国旧平装书、大陆或台湾的古籍影印本、标点整理本、日文学术书等。偶尔还有书画、拓片、瓷器等工艺品。

　　有段时间我模仿孙殿起《贩书偶记》、雷梦水《古书经眼录》的体例，每周将看到的古籍记录成《日本雅虎拍卖经眼录》。孙氏当年记卷数，我稍变其体例，一律记册数。但这个计划很快半途而废，只记了二○一六年四、五月份汤米出的部分古籍，摘抄若干条如下：

　　　　《爨宝子碑》二十八面。咸丰二年（1852）原拓，有邓尔恒识语。
　　　　《殷契粹编 附考释》五册。郭沫若撰，昭和十二年（1937）东京文求堂影印本。
　　　　《流沙坠简》三册。罗振玉编订，民国三年（1914）上虞罗氏宸翰楼铅印本。
　　　　《乐饥斋诗草》一册。傅山撰，民国己酉年（1909）国学保存会影印本。

《宋本十三经》十九函一百八十六册。嘉庆二十年（1815）南昌府学刻本。

《耶稣教要旨》抄本一册。撰者不明，落款咸丰庚申年（1860）。

《阳明集要》二函十二册。王守仁撰，民国初年上海涵芬楼《四部丛刊》本。

《越缦堂日记补》十三册。李慈铭撰，蔡元培题，民国二十五年（1936）上海商务印书馆影印本。

《平等阁笔记》一函两册。狄保贤撰，民国二年（1913）上海有正书局铅印本。

《性命古训辨证》上、下两册。傅斯年撰，民国三十六年（1947）长沙商务印书馆铅印本，"中央研究院"历史语言研究所单刊乙种之五。

《宋程纯公年谱 明薛文清公年谱》一册。杨希闵编，民国二十三年（1934）燕京大学图书馆铅印本，燕京大学图书馆丛书之一。

《双照楼诗词稿》一册。汪兆铭撰，昭和十六年即民国三十年（1941）北京大北京社铅印本。

《颜习斋哲学思想述》上下册。陈登原撰，民国二十三年（1934）南京金陵大学中国文化研究所铅印本，以哈佛燕京研究所经费印行。

可见汤米出的线装书中，以清末至民国年间上海扫叶山房、江左书林、有正书局、文明书局的石印本、铅印本为主。这些新印书由于价格低廉、开本小巧，不但在中国畅销，日本各汉学书店如大阪青木嵩山堂、京都汇文堂、东京文求堂等也大量进口。目前日本古书市场上还能见到很多。

石印本的弊端明显，一是书坊急于射利，校勘大多不精；二是纸质差、字迹小、排版密，阅读吃力。陈寅恪曾告诉学生王钟翰自己患上眼疾，是小时候看多了石印本所致："清季多有光纸石印、缩印本之书，字既细小，且模糊不清，对目力最有损伤。而有时阅读，爱不释手，竟至通宵达旦，久而久之，形成了高度近视，视网膜剥离，成为不可幸免之事了。"[1]

现代影印本古籍最多，有些可确定是图书馆的旧藏，如一九八四年上海书店影印本《大清一统志》，立教大学图书馆原藏书印上加钤"消印"。私立图书馆的藏书印见到过北驾文库、青山文库、千秋文库等。私人收藏更普遍，如台北文源书局排印本《红楼梦》，钤"矢野光治藏书"印，矢野先生六七十年代就读于台湾大学，后担任立正大学文学部教授，治中日比较文学。能从藏书印上追索藏家信息的例子不太多，更多的是森秀雄、渡边真一、梓庐之类无名读者。

二

通过关注汤米的拍卖，我几乎见到了民国影印古籍的所有品种，数量最多的是上海商务印书馆的《四部丛刊》和上海中华书局的《四部备要》。两套书都刊印于一九二〇年前后，主打四部古籍，各视

1　卞僧慧：《陈寅恪先生年谱长编》卷二，北京：中华书局，2010年，第54页。

对方为竞争对手。

《四部丛刊》由张元济精选善本古籍，将"四部之中，家絃户诵之书，如布帛菽粟，四民不可一日缺者"影印，以挽救"咸同以来，神州几经多故，旧籍日就沦亡"的现状[1]。《四部备要》个别种类也是影印，但大部分将古籍重新排版，加以新式标点。两套丛书各有利弊：《四部丛刊》利于保真，但不适合向大众普及；《四部备要》嘉惠寒士，但质量良莠不齐，甚至错讹满纸，研究者往往敬而远之。

台湾地区的出版社更多地继承了《四部丛刊》的传统，尤其六七十年代台北广文书局、新文丰出版公司、艺文出版社、成文出版社、世界书局等出版了大量影印古籍丛书。大陆更多沿袭《四部备要》的套路，建国之后中华书局、上海古籍出版社的古籍基本都是点校本，校勘质量远超民国。

二十世纪六十至八十年代大陆与日本交通不畅，日本的研究者遂大量进口台湾影印古籍。我目前正需要这类书，凡见到大陆没有的品种便购入，半年内通过汤米连收新文丰出版社《石刻史料新编》第一辑、成文出版社《中国方志丛书》、国联图书出版有限公司《皇明经世文编》、学生书局的《中国史学丛书》，等等。三十册的《石刻史料新编》中还夹了便笺，不少史料以红线划出，一看都是关于唐代府兵制的。

民国线装影印本的价格，自然比现代影印本高一些，我收到过

1　《印行四部丛刊启》，载《（第三次改定本）四部丛刊目录》，上海：商务印书馆，[出版时间不详]，叶 1a—1b。

一九二六年陈乃乾影印嘉庆刻本洪颐煊《经典集林》上下册。洪颐煊（1765—1837）字旌贤，号筠轩，清末台州籍学者，长期游幕为生，为孙星衍整理金石古碑，撰成《平津馆读碑记》。后回到家乡临海，隐居于小停云山馆，著有《读书丛录》《台州札记》《诸史考异》等。

乾嘉诸儒热衷于辑佚书，《经典集林》也属这类著作。洪颐煊从《太平御览》、《三国志》裴松之注、《北堂书钞》等书中辑出《归藏》《春秋决狱》《蜀王本纪》《汉武故事》等佚书二十多种。此书嘉庆年间原刊本罕见，一九二七年二月十日鲁迅买到《经典集林》二本，也是这个影印本。影印本扉页有"甲寅九月陈氏慎初堂影印"字样，末页跋"海宁陈乃乾家影印"。陈乃乾原是上海的书店店员、后以目录学家成名，建国后主持了二十四史中《三国志》的标点工作，还影印过《清人考订笔记》等。

三

我在汤米那里买到的刊本多是明治年间和刻本，不少与清末驻日大使黎庶昌有关。

贵州遵义人黎庶昌当过两任驻日大臣：第一任从一八八一年十二月至一八八四年八月，第二任从一八八七年十一月到一八九一年正月，中间丁忧回国，由徐承祖接任。这十年内，明治政府北边介入朝鲜政局，支持金玉均（1851—1894）等人的开化党；南边试图将琉球改为冲绳县。中日两国表面和睦，底下是却暗潮较量。

"观日人办事，狡猾精能，实在意大里、日斯巴尼亚[1]等国之上。蜂虿有毒，未可以其小而忽之。"[2]在驻日任期内发回国的一封公函上，黎大使如此写道。为了勉力维持两国关系，他采取柔性的文化外交战略，除了自费刊刻《古逸丛书》分赠日本人士以外，还定期举办汉诗会，宴请日方人士共襄盛宴。

汉诗会每年春秋两季各开一次，在精养轩、红叶馆等东京高档酒楼举办。每次到场的各国嘉宾都不下二十人。黎大使最后的送别宴上，更有接近一百人参加。众人不分国籍，皆作汉文律诗，癸未（1883）、戊子（1888）、己丑（1889）、庚寅（1990）四年的宴集录保存至今。

最积极参加汉诗会的日本学者是三岛毅（1831—1919）、重野安绎（1827—1910）、石川鸿斋（1833—1918）和中村正直（1832—1891），我在汤米那里拍到的两册和刻本，分别出自石川和中村。

第一种是石川鸿斋《纂评精注唐宋八大家文读本》。唐宋八大家文集在日本非常流行，长期被当作汉文入门书用，较常见的是明人沈德潜的选本，如明治十一年（1878）东京贰书堂版《纂评唐宋八大家文读本》八卷、明治十三年（1880）东京东崖堂版《标注唐宋八大家文读本》三十卷等。明治四十二年（1909）至大正五年（1916）间，由服部宇之吉主编、富山房出版的《汉文大系》丛书，又收入三岛中洲评释版《唐宋八家文》上下卷。

1　案，即意大利、西班牙。
2　转引自戴东阳：《晚清驻日使团与甲午战前的中日关系（1876—1894）》，北京：社会科学文献出版社，2012年，第179页。

这套明治十八年（1885）东京凤文馆版、石川鸿斋校注本值得关注的地方在于，其卷首有驻日大使黎庶昌所撰之序，原文如下：

> 有明茅鹿门，选唐宋八大家，我朝儒者服为定论。乾隆中沈文悫公，又录其尤若干首为别本，评点以行。由是韩、柳、欧、曾、苏、王文章衣被海内外，同文如日本，亦几于家有其书。明治维新以前，固视之绝重矣。石川鸿斋自少至老，笃好不厌，尝病八家盛名，而注其文者自宋魏仲举韩柳《五百家》外，世不多见，竭毕生精力集注斯编，博观而慎取，章解而句释，务使八家趣旨，怡然焕然无复留滞。书成，益以高梅亭评语，命曰：《八大家文精注》，实与文悫之书，有相成，无相戾。道之兴废，各自有时，天将不欲，终丧斯文也。吾于鸿斋是编卜之。
>
> 　　　　　　　　大清光绪十年岁在甲申闰五月，使者黎庶昌序

光绪十年（1884）是黎庶昌第一任期的末尾，不久黎氏即丁忧回国，开始守制三年。值得注意的是，这篇《纂评精注唐宋八大家文读本》序文既未收入光绪十九年（1893）付梓的黎氏文集《拙尊园丛稿》，亦未载于上海古籍出版社二〇一五年版的《黎庶昌全集》。该书扉页篆额者是蓝文清，贵州贵阳人，是黎庶昌的随员。

石川鸿斋名英，字君华，号芝山外史、云泥居士。在戊子年的中日唱和集中，他有"笑我挂冠犹处士，喜君持节再来京"[1]的诗句，

---

1 《黎星使宴集合编·戊子重九宴集编·重九次和莼斋星使》，载黎铎、龙先绪点校：《黎庶昌全集》第 5 册，第 3334 页。

可知他没有任何公职。石川是三河国丰桥商人家之子，从小嗜好汉学，一八七七年移居东京，先在书店任职，后转任净土宗学校的汉学教师。

明治初年清国公使来东京后，石川即冒充僧人混进公使馆，先后与黎庶昌、沈文荧、何如璋、黄遵宪等士大夫来往。有学者统计，在石川鸿斋创作、编纂或翻刻的各种书籍中，有清国外交官题字的有《芝山一笑》《日本文章轨范》《纂评笺注蒙求校本》《鸿斋文钞》《续日本文章规范》《书家座右》《圆机活法》等十多种[1]。

作为老派儒学家，石川恪守"忠臣不事二主"的儒家大义。《己丑宴集续编》的"姓氏录"描述道："石川英，字鸿斋，三河人，幕府遗民。"[2]"遗民"一词甚是醒目，显示在明治改元多年后，石川还是自认德川幕府之民。只是每次黎庶昌举办宴会时，在场的都有不少元老会议员、内阁官员等新贵，不知他如何自处？

比石川鸿斋年长一岁的中村正直，天保初年出生于江户丹波谷的一个下级武士之家，在儒学熏陶下长大，之后摇身一变成了著名翻译家。中村十七岁时入德川幕府所办的学校昌平黉读书，师从佐藤一斋（1772—1859）学习朱子学，因为成绩优异，三十岁时升任该黉御儒者。庆应二年（1866），幕府选拔了十二名官家子弟赴英国留学，由川路太郎（1845—1927）、中村正直二人分别担任正、副监督。

1　陈捷：《明治前期日中学術交流の研究》，第73—76页。
2　《黎星使宴集合编·己丑宴集续编·己丑重九宴集会者姓氏录》，载黎铎、龙先绪点校：《黎庶昌全集》第5册，第3394页。

从日本启航赴欧的那一年，中村已经三十五岁。他在日本读过从清国输入的魏源《海国图志》、丁韪良《天道溯源》、合信《全体新论》等洋学书，但在目睹了"楼阁宏丽""财货充填""车马殷粼"的英国社会，"俊伟雄刚"的英国民众后，才发奋学习英文[1]。由于年纪太大，同行众人皆入伦敦大学预科，唯独他被拒之门外，遂自聘请家庭教师补习，并花大量时间自学英国史。到英国后的第一个新年，他在旅社写道：

> 客舍迎春独自怜，人生苦乐两相缠。
>
> 非无他国见闻异，其奈故乡情思牵。
>
> 惊浪骇波成昨梦，明窗净几入新年。
>
> 危楼百尺凌晨倚，日段东方日出边。[2]

其他人的留学时间是五年，中村在伦敦待了一年半便启程回国。回到日本时已经是明治元年（1868）六月，政局天翻地覆。作为前朝旧官，中村和几万名失势武士一起被下放，在静冈学问所担任教员，他郁郁不得志，"五更梦觉闻妇叹，雨又滴滴鸣檐端。"[3]

翌年七月，中村移居静冈北郊大岩村，将住所命名为"杂农轩"，

1　平川祐弘：《天ハ自ラ助クルモノヲ助ク：中村正直と『西国立志编』》，名古屋：名古屋大学出版会，2006 年，第 33 页。

2　中村敬宇：《敬宇詩集（抄）》卷二《丁卯元旦在倫敦》，载入谷仙介、揖斐高等编：《新日本古典文学大系明治编》第 2 卷《漢詩文集》，东京：岩波书店，2004 年，第 149—150 页。

3　中村敬宇：《敬宇詩集（抄）》卷二《発都日雨作》，第 152 页。

自号"无思散人"，白天教学生学汉文，晚上埋头翻译苏格兰人斯
迈尔斯（Samuel Smiles，1812—1904）的 *Self-Help*，这本西欧近代
名人故事集的主要观点是：

天ハ自ラ助クルモノヲ助ク。

Heaven helps those who help themselves.

所谓"自助者天恒助之"，这也是当时中村心境的写照。明治
三年（1870），中村译《西国立志编》在静冈出版，又名《自助论》。
此书是日本近代第一部英文全译著作，由于内容励志、通俗易懂，
很快风靡全国，加上各种翻刻本，总销售量突破一百万部，连明治
天皇都以它为教材。后来日本近代史研究者将此书与福泽谕吉《西
洋事情》、内田正雄《舆地志略》一起，并称为"明治三书"。

成名之后，中村又将密尔（John Stuart Mill，1806—1873）
一八五九年完成的自由主义经典著作 *On Liberty* 翻译为日文，名之
曰《自由之理》。与很多明治初年日本翻译家一样，中村采用豪放译，
没有完全忠于原文，而是对之进行了自由改写和发挥，在天头处加
入评语一同印行。《自由之理》虽不如《西国立志编》畅销，却是
明治初年自由民权运动的思想源泉之一。

我在汤米处拍到明治五年（1872）《自由之理》的静冈初印版，
它与《西国立志编》版式接近，都是和式线装，鹅黄色封皮。题签
上标明总共五册，但因为第二册分为上、下，其实共有六册。因年
代久远，这部书略有污损，第一和第六册大半脱线，书本身完好，

卷首钤"渡边真一""所藏之章"朱文小印两枚。

通过翻译，中村既改变了自己，也改变了日本的命运。明治十二年（1879）五月二十八日，访日的中国报人王韬在欢迎宴席上见到了中村，他评价道："中村字敬宇，世仕幕府，至君独以儒学显，幕府擢君官。后通洋学，其业大进……君温厚笃挚，教诱后进，蔼然可亲，兼明中西学术。"[1] 此时中村已经从静冈回到首都东京，加入启蒙团体明六社，在《明六杂志》《新闻杂志》《东京新报》上撰稿，并创办私立学校同人社，推进女子与幼儿教育。

从中村这一时期的言论可见，他对明治初期的全盘西化论颇不以为然。明治十七年（1884）他受聘东京帝国大学汉文学、中国哲学教授，几年后在《东京学士会院杂志》上发表文章《汉学不可废论》，以自己举例，认为"有汉学基础者进而习洋学，有非常明显的效力。"《自由之理》虽然是日译本，但部分内容却被中村翻译为汉文，如书衬页上的一段话：

> 人世之大道理，何为最要？曰：宜使人人得自由发展其才性，自抉手眼，另开生面，千殊万端，各呈其美，则交相资益者日够，而福祚日崇矣。人人有自己性灵，万异而万不同，各发达其独有者、特异者，人生之景象，所以日进而不已也。若乃以一定之规矩教道，强同兆民之心思言行，禁新异非常之事，则人智不复牖，世道不复上，归于固陋顽愚而已矣。

1　王韬：《漫游随录·扶桑游记》，第218页。

光绪二十九年（1903），同样留英归来的福建人严复（1854—1921）将 *On Liberty* 译为中文版《群己权界论》，晚了中村三十一年。

严复和中村译文风格有一定差异，如中村将 liberty 翻译为"自由"，严复则翻译为"自繇"，并解释道："人得自繇，而必以他人之自繇为界，此则《大学》絜矩之道，君子所以持平天下矣。"[1] 严复强调的是 liberty 的边界，而中村则高扬 liberty 带来的多样和创造性。两种译法一古奥，一简洁，孰是孰非难有定论，但今天中国人也抛弃了严复的"自繇"，选择了中村的"自由"。

中村一生交游广阔，年轻时结交幕末思想家佐久间象山（1811—1864），聆听其和魂洋才说。赴英途中他曾到过上海，拜访中国士大夫。停留香港时，又与英国汉学家理雅各（James Legge，1815—1897）会面，亲炙其教。中村与黎庶昌私交甚笃，一八九〇年九月九日他因病未能赴红叶馆汉诗宴，答诗一首谢云：

> 剥啄君在门，病卧我在蓐。
>
> 不能倒屐迎，令空回车毂。
>
> 黎公重三宴，佳期明日追。
>
> 奈不可以风，缩首围重幄。
>
> 请君通此意，谢不修尺牍。[2]

1　穆勒著，严复译：《群己权界论》，上海：商务印书馆，1903 年，第 1—2 页。

2　《黎星使宴集合编·庚寅宴集三编·黎公使招修褉事病不能赴书此为谢托张生代呈》，载黎铎、龙先绪点校：《黎庶昌全集》第 5 册，第 3427 页。

黎庶昌任满回国前夕，中村正直又扶病作千字长诗《奉送黎公使一百韵》，其中有"我尝游英国，姗隅学小儿。功勋无可见，俸给愧空縻。翻译两三种，彷徨蠡管窥。归来风景异，亦已远游疲。买宅京城北，课徒公退时。六经做根柢，西艺是分支。体用欲兼备，东西岂两崎"[1]的句子，犹如自传。明治二十四年（1891）中村逝世，虽信基督教，葬礼仍依其遗愿，以日本神道教仪式进行。

四

我能在日本以低廉价格买到不少古书，必须感谢汤米。二〇一七年十月我回到日本继续学业，重新开始在他那里拍书。第一单的包裹寄到时，意外发现寄信人一栏填的不再是佐藤博信，而是光和书房，地址在东京千代田区神田小川町三番地。原来隐藏在账号背后的，一直是神保町这家古书店。

二〇一八年底，我在电视上看到日本放送协会（NHK）的报道，才知道光和书房社长是中国人吴忠铭。吴一九七四年出生在辽宁省，父亲是中国人，母亲是伪满洲国时期出生在东北的日本人，二战结束时滞留中国。改革开放之后，一九九三年吴忠铭一家移民日本，父亲吴光伟先涉足东京古书行业，也为儿子忠铭打开神保町之门。光和书房的创办时间不长，店名的"光"字是为纪念吴父，"和"

---

[1] 《黎星使宴集合编·庚寅宴集三编·奉送黎公使一百韵》，载黎锋、龙先绪点校：《黎庶昌全集》第 5 册，第 3538 页。

字则意寓中日和平。

这几年日藏汉籍大量回流中国，光和书房恰逢其时。因为是二楼书店，很少有顾客会登楼寻书，雅虎拍卖也只是众多销售途径之一。书店的主页上也有不少汉籍，新入库的有天明五年（1785）京都北村四郎兵卫刊本《毛诗品物图考》、明万历游氏金属活字印本《太平御览》卷四百四十至四百四十一、光绪三十一年（1905）北京救世堂排印本《燕京开教略》，等等。

后来一家熟识的京都古书店社长告诉我，最近几年东京古书同业公会的内部拍卖会上，光和书房是很有实力的买家，不少古籍被吴社长强势拿下。我又问古书店在雅虎拍卖上拍书，会不会违反古书同业公会的会规？答曰并不违反，只是一些老派古书店不以为然。

这位京都古书店社长自己偏爱传统的古书经营模式，每几个月会编精美的古书图录邮寄给顾客，顾客阅览图录后，通过电话、电邮或明信片订购，先到先得。但这位社长也承认，自己在资金周转不畅时，偶尔也会在雅虎拍卖上出手几部书。这么看来，不少的实体书店会私下注册雅虎账号售书，大家彼此心照不宣罢了。另有一些书店只做雅虎拍卖的生意，仅我知道的就有京都的京呗堂书店、东京的兰竹堂书店等。

无论什么方式，古书最理想的状态就是不断流通。岛田翰说"夫物聚于所好，聚散之速，莫书卷甚焉"[1]，若如此，书店和学者皆得其便。对吴忠铭而言，古书买卖不仅是一桩生意。二〇一九年六月底

1　岛田翰：《皕宋楼藏书源流考》，《古文旧书考》，第 384 页。

东丰书店正式关门时，仍有十万多册书没来得及处理。光和书房收下其中六万，随后动用十四台卡车、七十五名员工，经过二十多天才搬运完毕。把这些书消化完至少还要一两年，在库存成本高的东京未必划算，两家由华人经营的东京古书店，却通过这种方式完成了薪火传承。